辛香料 I

支倉凍砂
Isuna Hasekura

Illustration
文倉 十
Jyuu Ayakura

籠罩在月光下的女孩身影。
女孩頭上的耳朵。
那對動物的耳朵。

「……呼，真是好月色。有沒有酒啊？」
豐收之神・賢狼赫蘿

「這沒什麼，我剛踏入這一行時，所有旅行商人在我眼裡看來都是妖怪。
儘管如此，總還是可以混口飯吃。」旅行商人羅倫斯

「嘿嘿嘿，我說老闆，您真是了不起的人物！」
神秘商人傑廉

「還好妳沒事。」
「只要汝一直帶著這麥子，咱就不會死。」

Contents

狼與辛香料 I

序幕

在這個村落，人們會把迎風搖曳的飽滿麥穗形容成狼在奔跑。

因為麥穗迎風搖曳的姿態，就像在麥田裡奔跑的狼。

人們還會說被強風吹倒的麥穗是遭狼踐踏，收成不好時會說是被狼給吃了。

這種比喻雖然貼切，但其中也包含了負面的意味，顯得美中不足。

不過，如今這些比喻只是帶點玩笑性質的說法，幾乎不再有人會像從前一樣，帶著親密感與恐懼感來使用這些話語。

從陣陣搖擺的麥穗縫中仰望的秋天天空，即使過了好幾百年也不曾改變，但是底下的人事物全變了樣。

年復一年，勤奮種麥的村民們再怎麼長壽，也不過活到七十歲。

要是人事物好幾百年都沒有改變，反而不見得好。

只是，不禁讓人覺得，或許沒必要再為了情義而守護以往的承諾。

這裡的村民已不再需要咱了。

聳立在東方的高山，使得村落天空的雲朵多半飄向北方。

想起位在雲朵飄去那一頭的北方故鄉，便忍不住嘆了口氣。

把視線從天空拉回麥田，引以為傲的尾巴就在面前搖擺。
閒來無事只好專心梳理尾巴的毛。
秋天的天空高而清澈。
今年又到了收割的時期。
成群無數的狼在麥田裡奔跑。

第一幕

「這是最後一件了吧?」

「嗯,這裡確實有……七十件。多謝惠顧。」

「不,我們才要謝謝你呢。只有羅倫斯先生你願意到這深山裡來,真是幫了我們大忙。」

「不過,我也因此拿到上等的皮草啊,我會再來的。」

結束一如往常的對話,離開深山裡的村落已過了五個小時。太陽升起後就立刻動身,下山來到這片草原時已過了中午。

這天的天氣晴朗,沒有半點風,是個適合坐在馬車上,悠哉橫越草原的日子。因為這陣子的天氣寒冷,原以為冬天就快到了,現在卻一點兒也感覺不到。

成為自力更生的旅行商人,隻身行商至今已有七個年頭,今年二十五歲的羅倫斯坐在馬車駕座上,泰然自若地打著呵欠。

這裡幾乎沒有高大的草木會阻礙視線,眼前景色一望無際,也因此可以看清遠方的景象。在視野最遠處,可看到一所幾年前建蓋好的修道院。

或許是有某地方的貴族子弟成了他們的修道士吧,儘管在如此偏僻荒遠的土地上,但這所修道院不僅是一棟優良的石造建築物,甚至還使用了鐵製門窗,令人難以置信。記得沒錯的話,修道院裡應該有二十多位修道士，另外還有將近同樣人數的男僕為他們打點生活。
修道院剛開始建蓋時，羅倫斯以為可以招攬到新顧客而滿懷期待。可惜修道院似乎不跟民間商人往來，而是以獨自的通路調度物資，羅倫斯的期望因而落空。
雖然期望是落了空，但是修道士的生活並不奢侈，他們甚至會下田耕作；就算做成了生意，可能也沒有太多利益可圖。不僅如此，或許還有可能被迫捐款，或者被倒債。
單純就買賣的對象來說，修道士比盜賊還要惡劣。不過，只要能夠和他們做生意，對商人來說還是有好處。
因為這個緣故，羅倫斯還是戀戀不捨地望著修道院，但是他突然瞇起眼睛。
修道院那頭，有人正朝向這邊揮手。
「怎麼回事？」
那人看起來不像男僕，因為男僕身上穿的應該是骯髒的深褐色工作服，而正在揮手的人穿著看似灰色的衣服。雖然要特地走到那頭有些麻煩，但就這麼漠視的話，恐怕會造成日後的困擾。羅倫斯不得已，只好把馬車轉向修道院的方向。
馬車轉向後，原本揮著手的人可能是發現羅倫斯朝自己的方向走來，便停止揮手，但也沒有走向羅倫斯的意思。看來，他要等羅倫斯自己走到修道院。教會相關人士的態度傲慢已是司空見慣的事，羅倫斯不會為了這點小事生氣。

不過，在緩緩靠近修道院，清楚看見那人的身影後，羅倫斯不禁發出聲音說：

「……騎士？」

起初羅倫斯心想：騎士怎麼可能會出現在這裡？但靠近後他發現確實是名騎士，原來看起來灰灰的衣服是銀色的盔甲。

「你是什麼人？」

騎士在羅倫斯到了兩人要交談還稍嫌遠的距離時，便如此大喊。那語氣彷彿自己不用報上名來，每個人也該認得他似的。

「我是旅行商人羅倫斯，有什麼能為您效勞的嗎？」

修道院已近在眼前，往南方延伸的田地裡，正在耕作的男僕寥寥可數。

羅倫斯發現騎士不止一名，還有一名騎士站在修道院另一頭，說不定騎士們是在站崗巡視。

「旅行商人？你來的方向應該沒有任何城鎮。」

騎士驕傲地挺起刻有紅色十字架的銀製胸甲，態度蠻橫地說道。

然而，騎士直接套在肩上的大衣同樣是灰色，這代表他只是一名下級騎士。短短的金髮似乎剛剃不久，體格也看不出身經百戰的樣子。或許是剛剛成為騎士，所以顯得趾高氣揚。面對這種人，必須從容應付，免得他們一下子就得意忘形。

羅倫斯沒有馬上回答，他從懷裡拿出一只皮袋，緩緩解開綁住袋口的繩子，袋子裡裝著蜂蜜糖。羅倫斯拿出一顆放入口中，再把整袋蜂蜜糖遞給騎士。
「要不要來一顆？」
「呃……」
雖然騎士瞬間露出遲疑的神情，但終究敵不過糖果的誘惑。
不過，身為騎士的自尊，讓他從點頭到伸手取糖花了不少時間。
「從這裡往東邊山頭走上約半天的時間，就可以看到一座小村落。我是到那裡賣鹽回來的。」
「原來如此。我看你車上還有貨，是鹽嗎？」
「不，這些是皮草。您瞧。」
羅倫斯一邊說，一邊轉向貨台掀開覆蓋的麻布。那是非常漂亮的貂皮。如果以眼前這位騎士的薪水來看，相信貂皮的價值比他的年薪還要高。
「喔，那這是什麼？」
「啊，這是山裡的村民給我的麥子。」
成束的麥子就放在貂皮堆旁邊，那是羅倫斯前去賣鹽的村落所種植的麥子。那裡的麥子不但耐寒，也不容易被蟲咬。去年西北方受到嚴重的寒害，羅倫斯打算把麥子拿到西北方去賣。
「嗯。好了，你可以走了。」
自己把人叫來，現在又想隨便打發我，如果乖乖說「是」的話，就不配當商人了。羅倫斯一邊有意無意地把玩剛剛的皮袋，一邊轉回騎士的方向。

「發生什麼事了嗎？平常在這裡應該見不到騎士吧？」

年輕騎士可能是因為被詢問而感到不悅，稍稍皺起眉頭，再看到羅倫斯手中的皮袋，眉頭皺得更深了。

看來騎士似乎是上鉤了。羅倫斯解開繩子，拿出一顆蜂蜜糖遞給騎士。

「嗯……真好吃，我得好好答謝你才行。」

騎士喜歡講道理。羅倫斯露出營業用笑容，表現出非常感謝的模樣，向騎士鞠躬。

「聽說最近，這一帶會有異教徒祭典，所以我們才受命在這裡防衛。你知道什麼消息嗎？」

這時，如果表現出失望的表情，那麼演技就太差了。羅倫斯假裝想了好一會兒後，回答說：

「我不知道耶。」事實上，羅倫斯是在撒謊，不過騎士說的話也不甚正確，所以他不得不扯謊。

「他們果然想在背地裡偷偷舉辦祭典，異教徒真是一群膽小鬼。」

雖然騎士完全猜想錯誤的發言聽來好笑，但羅倫斯當然沒有予以指正，他表示贊同騎士說的話後，隨即向騎士告辭。

騎士點點頭，再度為蜂蜜糖向羅倫斯道謝。

可見騎士是真的喜歡吃蜂蜜糖。下級騎士的錢都花費在裝備和旅費上。事實上，他們的生活還不如初入門的鞋匠學徒。騎士肯定很久沒吃到甜的東西了。

話雖如此，但羅倫斯並不打算再多拿蜂蜜糖分給騎士，畢竟蜂蜜糖並不便宜。

「異教徒祭典……還真會猜啊。」

離開修道院一會兒後，羅倫斯喃喃唸著騎士說的話，苦笑了一下。

羅倫斯知道騎士在說什麼。應該說，只要是這附近的人都會知道吧。

那根本不是什麼異教徒祭典。況且異教徒不是在更北邊、就是在更東邊的地方出沒。

這附近所舉辦的祭典，不過是隨處可見，為了慶祝麥田收割、祈禱豐收的祭典罷了，根本不需要特地派駐騎士。

但是，這附近的祭典比其他地方盛大且特別，所以修道院的人可能因此特別向城裡的教會提出報告。或許是長久以來，這地方從不曾正式納入教會的版圖，所以教會才顯得特別敏感。

再說，教會近來熱衷異端（註：指非正統的宗教派別）審判及異教徒改教活動，最近也常聽說城裡的神學者與自然學者發生言論鬥爭的消息。民眾已漸漸不像從前那樣，無條件服從教會。

就算城裡的居民沒有說出口，但相信大家都能夠感覺到教會的絕對性威嚴已逐漸消失。事實上，據說因為教皇收到的教會稅比預期來得少，而向多國國王請求捐助費用修復大神殿。早在十年前，這根本是不可能發生的事。

面對這樣的局勢，也難怪教會急於設法找回威嚴。

「不管哪一行的生意都不好做呢。」

羅倫斯苦笑，把蜂蜜糖丟入口中。

當羅倫斯來到寬廣的麥田時，西邊的天空已經泛起比麥穗還要美麗的金黃色。遠方鳥兒小小的身影趕著回家，處處傳來的青蛙鳴，彷彿在宣告自己即將入眠似的。

幾乎所有麥田都已完成收割，應該這幾天就會舉辦祭典。快的話，或許後天就會舉辦了。在羅倫斯眼前延伸開來的這片麥田，是這個區域中以高收割量而自豪的帕斯羅村麥田。收割量越高，村民的生活也就越富裕。再加上管理這一帶的亞倫多伯爵是個附近無人不知的怪人，他身為貴族卻喜歡下田耕作，因此自然願意贊助祭典，每年都會在祭典上飲酒歡唱，好不熱鬧。

然而，羅倫斯從未曾參加過他們的祭典。很遺憾，外人是不允許參加的。

「嗨！辛苦了。」

羅倫斯朝正在帕斯羅村的麥田一角，把麥子往馬車上堆的農夫打招呼。馬車上的麥穗十分飽滿，看來可以讓購買麥子期貨的人們鬆一口氣吧。

「喔？」

「請問葉勒在哪裡啊？」

「喔！葉勒在那兒。有沒有看到很多人聚集在那邊？他就在那塊麥田裡。葉勒今年都僱用年輕人來種田，因為他們比較不得要領，今年應該是他們田裡的某個人會是『赫蘿』吧。」

農夫曬得黝黑的臉上堆滿了笑容說道。那是絕對不會出現在商人臉上，只有沒心機的人才會露出的笑容。

羅倫斯以營業用笑容向農夫答謝後，駕著馬車朝葉勒的方向前去。

如農夫所說，確實有很多人聚集在那裡，人人都朝麥田中央叫喊著。

他們對進行最後工作的人叫喊。不過，他們並非在斥罵工作延遲。斥罵本身其實已是祭典的活動之一。

羅倫斯悠哉地慢慢靠近，終於聽見了他們叫喊的內容。

「有狼喔！有狼！」

「快看！狼就躺在那邊！」

「是誰？是誰？最後會是誰抓到狼呢？」

人人臉上展露像是喝了酒似的爽朗笑容，高聲叫喊著。就算羅倫斯在人牆後方停下馬車，也完全沒有人發現他。

狼是豐收之神的化身。據村民所說，豐收之神就藏在最後割下的麥子裡，傳說豐收之神會跑進割下最後一束麥子的人體內。

「最後一束了！」

「小心不要割過頭！」

「太貪心的話，會讓赫蘿逃跑喔！」

「是誰？是誰？是誰抓到狼呢？」

「是葉勒！葉勒！葉勒！」

羅倫斯從馬車上走下，探頭往人牆的另一邊望去，正好看見葉勒抓住最後一束麥子。葉勒沾滿泥土和汗水的黑臉露出苦笑，他一口氣割下麥子後，舉高整束麥子，朝著天空大喊：

「嗷嗚～～～～～～～」

「赫蘿！赫蘿！赫蘿！」

「狼赫蘿出現了！狼赫蘿出現了！」

「抓住祂！快抓住！」

「別讓祂逃走了！快追！」

葉勒突然跑了出去，剛剛不停叫喊的男子們緊追在後。

被追趕的豐收之神會附在人類身上，企圖逃跑到其他地方。所以大家必須抓住豐收之神，好讓祂未來一年繼續留在這塊麥田裡。

事實上，沒人知道豐收之神到底存不存在。不過，這個習俗已經在這塊土地延續很久了。

羅倫斯是跑遍各地的旅行商人，他壓根兒就不相信教會的教誨。不過，說起迷信或信仰的程度，可是在農夫們之上。畢竟在他辛苦翻越山頭，好不容易來到城鎮時，卻發現商品價值暴跌的事情屢見不鮮，也難怪他會變得迷信或執著於信仰了。

因此，對於熱忱信徒或教會相關人士特別關注的這些儀式，羅倫斯一點也不在意。

不過，關於葉勒成為赫蘿這件事，倒是讓羅倫斯感到有些困擾。這麼一來，在祭典結束以前，葉勒會被關在有準備佳餚的穀倉裡整整一個星期，根本沒法與他說話。

「算了……」

羅倫斯嘆了口氣，坐回馬車，朝村長的住處前去。

羅倫斯原本打算跟葉勒聊聊修道院發生的事，順便與他小酌幾杯。但是如果不趕緊把堆在貨台上的貂皮變賣成現金，就來不及支付在其他地方採買商品的貨款。再加上羅倫斯想要早些賣掉從深山村落帶下山的麥子，所以他不能一直等到祭典結束。

羅倫斯向忙著指揮祭典準備工作的村長，簡單說明中午發生的事情後，推辭村長要他留下來過夜的邀請，離開村落。

從前，當現在的伯爵還沒來到這塊領土以前，高額的稅金使得這裡的麥子價格高漲，在市場上變得不受歡迎。那時羅倫斯曾買下這裡的麥子，靠著微薄的利潤勤懇地銷售。羅倫斯這麼做並非為了施捨恩惠給這裡的居民，單純只是因為他沒有雄厚的資金，能夠與其他商人競爭購買便宜又受歡迎的麥子。因為當時的事，葉勒至今仍然對羅倫斯抱著感恩之心。葉勒是當時村裡負責交涉價格的人。

雖然不能和葉勒喝上幾杯十分遺憾，但不管怎樣，只要赫蘿一出現，沒多久村民就會趕走外人，好讓祭典進入最高潮。即使留下來過夜，也只會落得被趕走的命運。這股疏離感，著著實實讓獨自坐在馬車上的羅倫斯，心裡覺得陣陣寂寥。

羅倫斯咬著村民送他的蔬菜，往西方出發。與剛完成田裡的工作，開心地朝村落歸去的農夫們擦肩而過。

羅倫斯再度踏上一個人的旅途，不禁羨慕起那些有同伴的農夫們。

今年滿二十五歲的羅倫斯是一名旅行商人。他在十二歲時開始跟隨旅行商人親戚學習，到了十八歲便自立門戶。身為一名旅行商人，羅倫斯還有很多不曾去過的地方，對他來說，接下來的日子才是真正的考驗。

羅倫斯也有著旅行商人都會懷抱的美夢，那就是累積積蓄後，在某個城鎮擁有一間商店。然而，距離美夢成真的那一天依舊遙遠。如果能夠碰上什麼好機會，要實現美夢或許不難，可惜那樣的好機會都被大商人用錢買走了。

況且羅倫斯還常因為別人拖欠貨款，而必須載著堆滿馬車的貨物四處奔走。就算發現好機會，恐怕也沒有餘力去抓住。對旅行商人來說，好機會就像高掛夜空的月亮一樣，遙不可及。

羅倫斯抬頭仰望天空，對皎潔的滿月嘆氣。羅倫斯雖然有察覺自己近來嘆氣的次數增多，但不知道這是自己為了生存而過度打拚所產生的反彈，還是因為生意比較上軌道，所以最近老是思考到未來的事造成的。

以往羅倫斯的腦袋裡，想得盡是應收款項的債權及付款期限，他總是拚命想儘早趕到下一個城鎮。那時根本沒有餘力去思考的事情，現在卻經常浮現在腦海裡。

具體來說，羅倫斯在想一路上所認識的人們。

每次行商都會前往的城鎮所混熟的商人們、或是採買地區熟識的村民們、還有因大雪困住而久留旅館時喜歡上的女子等等。

也就是說，羅倫斯希望有人陪伴的感覺增強了。

對於整年都一個人在馬車上度過的旅行商人來說，希望有人陪伴的毛病可算是一種職業病。但羅倫斯是到了最近，才開始有這樣的感覺。在這之前，羅倫斯總是誇口說：「這種事不可能發生在我身上。」

然而，孤單一個人和馬兒相處好幾天下來，甚至會覺得要是馬兒能說話該有多好。

所以，在旅行商人之間的談話中，時有耳聞馬兒變成人類的故事。羅倫斯起初聽到時會覺得無稽而大笑不已，但是到了最近，他不自覺地開始相信這種事情真的會發生。

有些販馬商的老闆看見年輕的旅行商人前來買馬時，甚至會認真建議客人選擇母馬，以免馬兒變成人類時，後悔就來不及了。

雖然羅倫斯也曾被如此推銷過，但他當然不予理會，買了強壯有力的公馬。

那匹公馬正是現在依舊精神奕奕為羅倫斯賣力的馬兒。每當羅倫斯陷入希望有人陪伴的思緒裡時，總會不禁後悔當初沒有選擇母馬。

不過，話又說回來，馬兒迎接的每一天，都是被迫搬運沉重的貨物。就算馬兒當真變成人類，也實在不覺得馬兒會像經常聽到的故事般，和旅行商人飼主墜入情網，或利用神奇的力量為主人招來好運。

馬兒頂多會要求休息和薪水吧！

一想到這裡，不禁覺得馬兒還是馬兒就好的人類還真是自私呢。羅倫斯苦笑，像是受不了自己似的嘆了口氣。

想著想著來到河邊，羅倫斯決定今天就露宿在這附近。儘管滿月的光線把路面照得明亮，但不能保證不會掉進河裡。萬一不小心掉進河裡，那可不是一句「糟糕」就能解決的事。羅倫斯可能因此沒命，無論如何都得避免這種事發生。

羅倫斯拉緊韁繩，示意馬兒停下。這時馬兒似乎也察覺到總算可以休息，牠在原地踏了兩、三步後，嘆息似地甩甩頭。

羅倫斯先把吃剩的蔬菜餵給馬兒吃，再用貨台上的水桶取了河水放在馬兒面前。瞧見馬兒啪唰啪唰喝水的滿足模樣，羅倫斯也跟著喝了村民給他的水。

比起喝水，羅倫斯其實更想喝酒。不過，在沒有談話對象之下喝酒，只是徒增寂寞罷了。說不定還會一個不注意喝個爛醉，所以羅倫斯決定早早就寢。

因為來到這裡的途中吃了點蔬菜，肚子不餓也不飽。羅倫斯只咬了一塊肉乾，便爬上貨台。平常睡覺時，羅倫斯都是拿覆蓋貨台的麻布當棉被。不過難得今天有貂皮，當然沒道理不睡在貂皮上面。雖然羅倫斯也覺得貂皮的動物腥味難聞，但總比挨凍好。

羅倫斯因為擔心在鑽進貂皮被窩之前壓壞麥苗，於是他掀開麻布準備把麥苗搬開。

掀開麻布的那一刻，羅倫斯之所以沒有叫出聲，或許是因為眼前的光景太教人難以置信了。

「……」

竟然有人捷足先登。

「喂！」

羅倫斯不確定自己有沒有喊出聲。他心想自己可能單純只是受到驚嚇，也或許是過度寂寞而產生幻覺。

然而，不管他用力甩頭還是搓揉眼睛，捷足先登的女孩依舊在眼前。

有著美麗臉孔的女孩睡得香甜的模樣，讓人有些不忍心叫醒她。

「喂！我說妳啊！」

儘管不忍心，羅倫斯還是打起精神開口說道。羅倫斯非得搞清楚女孩睡在他的馬車上有什麼企圖。對方說不定是從村落離家出走的女孩，羅倫斯可不想牽涉上麻煩事。

「……嗯唔？」

隨著羅倫斯的聲音，女孩閉著雙眼、慢了半拍做出反應，她的聲音聽來顯得毫無防備。對於只光顧過城裡妓院的旅行商人來說，那是會讓他們感到昏眩的甜美聲音。

而且，在月光籠罩下裹著貂皮睡覺的女孩，看起來雖然年輕，卻富有驚人的魅力。

羅倫斯不自覺地嚥下口水，不過這反倒讓他立刻冷靜下來。

倘若如此美麗的女孩是名風塵女子，要是隨隨便便碰了她，還不知道會被勒索多少錢呢。只要牽扯到錢，那比在教會祈禱更能讓自己冷靜。羅倫斯一下子就恢復平常心，他開口說：

「喂！起床啊！妳在我的馬車上做什麼？」

然而，女孩卻完全沒有起床的意思。

看著絲毫不想起床的女孩，怒氣難抑的羅倫斯抓住支撐女孩頭部的貂皮，用力一拉。女孩的頭部頓時失去支撐，掉進貂皮縫裡，這時總算聽見女孩顯得不悅的聲音。

羅倫斯打算繼續說話，卻整個人僵住了。

女孩頭上竟然有著像小狗的耳朵。

「嗯……啊……」

看女孩總算是醒了過來，羅倫斯打起精神，提足丹田之力開口說：

「喂！妳擅自坐上別人的馬車，想幹什麼？」

羅倫斯是隻身行走各地的商人，已經有過不只一、兩次被無賴或盜賊包圍的經驗。他相信自己的膽識和魄力都比一般人高。雖然頭上有著人類不可能有的動物耳朵，但面對區區一名女孩，不足以讓羅倫斯感到害怕。

然而，儘管女孩沒有回答羅倫斯，羅倫斯卻沒再繼續發問。

那是因為緩緩站起身子的赤裸女孩美麗得讓人發不出聲音來。

貨台上，被月光照射的毛髮如絲綢般滑溜，就像一件高質感的斗篷垂在背上。從頸部到鎖骨，並向下延伸到肩膀的線條，猶如絕代藝術家所雕刻的聖母雕像般美麗，手腕則彷彿冰雕品般光滑細緻。

完美如無機物質的美麗身軀中間，露出一對不算大的乳房，散發著一股奇妙的動物腥味，教人不寒而慄的魅力中蘊含著溫暖。

然而，如此引人垂涎的光景，卻霎時轉為令人雙眉緊蹙的詭異模樣。

女孩緩緩張開嘴巴，閉起雙眼朝天空發出長嚎聲：

「嗷嗚～～～～～～」

莫大的恐懼襲上羅倫斯心頭，彷彿突來的冷風「唰唰唰唰唰」竄入身體般。長嚎是狼群或狗兒呼喚同伴，準備攻擊人類的前奏曲。

羅倫斯驚覺那不像葉勒發出的模仿狼嚎聲，而是真正的狼嚎。他嚇得掉落口中的肉乾，馬兒也因驚嚇而跳了起來。

然後才猛然驚覺。

籠罩在月光下的女孩身影，女孩頭上的耳朵，那對動物的耳朵。

「……呼，真是好月色，有沒有酒啊？」

女孩把狼嚎餘音慢慢收回閉起的口中，壓低下顎微笑著說。女孩的聲音讓羅倫斯回過神來。眼前看到的既不是狼，也不是狗，只是有著類似牠們耳朵的美麗女孩。

「沒有。話說妳究竟是誰？為何在我的馬車上睡覺？該不會是因為不想被賣到城裡，所以逃了出來吧？」

羅倫斯試圖努力表現得咄咄逼人，然而女孩卻全然不為所動。

「搞什麼，沒酒啊。那食物……哦喲，真浪費。」

女孩懶洋洋地說著，皺起小鼻子嗅了嗅，似乎發現剛剛羅倫斯咬在口中的肉乾，她撿起掉落在貨台上的肉乾往嘴裡放。

在女孩咬肉乾的時候，羅倫斯沒漏看女孩嘴唇內側的兩根銳利尖牙。

「妳該不會是被惡魔附身的妖怪吧。」

羅倫斯一邊說，一邊把手摸向綁在腰際的短劍上。

因為貨幣價值的變動太大，所以旅行商人會把賺來的錢換成物品攜帶在身，銀短劍就是此類物品之一。銀是屬於神的金屬，能夠打倒所有妖魔鬼怪。

聽見羅倫斯說的話，女孩先是愣住，然後突然笑了出來：

「哈哈哈哈哈，咱是惡魔？」

女孩口中的肉乾都快掉下來了，她咧嘴大笑的模樣可愛得教人有些招架不住。兩根銳利的尖牙在此刻反而顯得迷人。

然而，正因為女孩的模樣迷人，所以感覺像被取笑似地令人生氣。

「喂！有什麼好笑的？」

「當然好笑啊，咱還是第一次被說是惡魔呢。」

女孩一邊繼續笑，一邊撿起掉落的肉乾再咬了一口。她果然有著銳利尖牙，接著看看她的耳朵，可以知道這女孩絕對不是正常人類。

「妳是誰？」

「汝問咱？」

「除了妳還有誰！」

「那匹馬啊。」
「……」
羅倫斯拔出短劍，這時女孩總算收起了臉上的笑容，她瞇起帶點紅色的琥珀色眼睛。
「妳到底是誰？」
「膽敢拿劍指著咱，真是不懂禮貌。」
「妳說什麼？」
「嗯？對喔，咱逃跑成功了。抱歉抱歉，咱都給忘了。」
女孩說完後，露出開心的笑容。那笑臉天真無邪，可愛極了。
羅倫斯並非被笑容收買，他只是覺得拿短劍指著女孩不該是男子漢所為，於是收起短劍。
「咱的名字是赫蘿，好久沒有以這種模樣出現了。嗯，還不賴呢。」
女孩一邊說，一邊打量自己。羅倫斯雖然沒聽懂女孩後面說的話，不過，前面的內容卻令他相當在意。
「赫蘿？」
「嗯，赫蘿。好名字唄？」
羅倫斯行遍各地，只在一個地方聽過這個名字。
就是剛剛去過的帕斯羅村的豐收之神。

「真巧，我也認識一個叫做赫蘿的人。」

這女孩好大膽，竟敢冒充神的名字。不過，這也表示女孩應是帕斯羅村民。說不定她是因為那耳朵及尖牙，而被父母藏在家裡養大的。這麼一想，就能夠理解她剛剛說逃跑成功的意思了。

羅倫斯時有耳聞這種不正常的小孩出生的事。人們會說這些小孩被惡魔附身，出生時有惡魔或妖精附在他們身上。如果他們被教會發現的話，很可能被冠上崇拜惡魔的罪名，整個家族都會毫不留情地處以火刑。因此，這樣不正常的小孩不是被丟棄在山裡，就是一輩子躲在家裡。

羅倫斯是第一次遇見惡魔附身者，他還以為惡魔附身者會是醜陋至極的妖怪，然而，就女孩的外型看來，要說她是女神都不奇怪。

「喲，汝認識和咱一樣叫做赫蘿的人？那傢伙是哪兒的人啊？」

口中不停咀嚼肉乾的女孩赫蘿，怎麼看都不像在騙人。不過，羅倫斯覺得長時間被關在家裡，使得她深信自己是神也不無可能。

「那是這附近的豐收之神的名字。妳是神嗎？」

聽到羅倫斯這麼說，赫蘿在月光籠罩下，一瞬間露出困擾的表情，隨即又化為笑臉。

「雖然咱長久以來被尊為神，且被束縛在這塊土地上，但咱根本不是什麼偉大的神。咱就是咱，咱是赫蘿。」

羅倫斯推測女孩出生後就一直被關在家裡，這麼一想，不禁有些憐憫起女孩來了。

「長久是說打從出生開始嗎？」

「不。」

女孩的回答讓羅倫斯感到意外。

「咱的出生地是在更遙遠的北方大地。」

「北方？」

「嗯。那兒夏季短暫，冬季漫長，是個銀白色的世界呢。」

赫蘿突然瞇起眼睛看向遠方，她的模樣實在不像在說謊。她思念起遙遠北方大地的神情如果真是演技的話，那未免也太過自然了。

「汝曾去過嗎？」

女孩反問羅倫斯。羅倫斯雖然覺得被反將一軍，不過順著話題繼續聊下去的話，就能夠馬上看出赫蘿是否撒謊，還是隨口把聽來的故事說出來。

因為羅倫斯的行商經驗可是遠及極北地區。

「我去過最北端的地方是亞羅西史托，那是全年吹著暴風雪的恐怖地方。」

聽到羅倫斯這麼說，赫蘿微微傾著頭想了一下，回答說：

「喔，咱沒聽過。」

羅倫斯原以為女孩會假裝知道，沒料到她會有令人意外的反應。

「那妳曾去過哪裡呢？」

「咱去過約伊茲，怎麼著？」

羅倫斯回答一聲「沒事」後，硬是掩飾住內心的動搖。羅倫斯曾聽過約伊茲這個地名，不過，那是在北方大地的旅館聽來的古老傳說裡，所出現的地名。

「妳是在那裡出生的嗎？」

「沒錯。不知道約伊茲現在變成什麼樣了，大夥兒過得好不好呢？」

赫蘿說罷，稍稍垂了垂肩膀，她的樣子看起來很空虛，實在不像在演戲。

羅倫斯根本無法相信女孩說的話。

因為在古老傳說中，這個叫做約伊茲的城鎮早在六百年前，就被熊怪毀滅了。

「妳還記得哪些其他地名嗎？」

「嗯……都好幾百年前的事了……讓咱想想，對了！還有一個叫做紐希拉的城鎮。那兒有熱泉湧出，非常不可思議，咱還經常跑去泡泉水。」

紐希拉至今仍是北方大地的溫泉街，其他國家的王室貴族時而會去到那裡度假。

這附近應該沒什麼人會知道紐希拉的存在啊。

赫蘿完全不理會羅倫斯的思緒，她的語氣聽來，彷彿正在享受浸泡熱泉般的舒服。赫蘿突然縮起身體，輕輕打了個噴嚏。

這時，羅倫斯總算記起赫蘿全身赤裸的事。

「嗚……咱雖然不討厭人類的外表，不過還是太冷了，身上的毛太少了。」

赫蘿笑著說罷，鑽進貂皮堆裡。

看著赫蘿的模樣，羅倫斯的嘴角忍不住上揚了一些。不過，有件事讓羅倫斯在意，於是他對鑽進貂皮底下的赫蘿說：

「妳剛剛也有提到模樣如何又如何的，到底是什麼意思啊？」

聽到羅倫斯的詢問，赫蘿從貂皮堆中探出頭來說：

「就如字面上的意思啊。咱好久沒有以人類的模樣出現了，很可愛唄？」

看見赫蘿如此開心地笑著說，羅倫斯不禁在心中同意她的說法。這女孩似乎會讓羅倫斯亂了陣腳，他控制住表情，避免透露出內心的想法，開口說道：

「不過是身上多了點東西，妳終究是人類吧。難不成就像馬兒變成人類的故事一樣，妳是小狗變成的人類？」

聽到羅倫斯有些挑釁的言語，赫蘿緩慢地站起身子。她轉身露出背部，再把頭轉向羅倫斯，以果決的語氣毫無畏懼地說：

「看咱的這對耳朵及尾巴！咱可是崇高無上的狼呀！不論是咱的同伴、森林裡的動物，還是村落裡的人類，無不對咱敬畏三分。咱這只有前端帶著白毛的尾巴，最令咱引以為傲；每個人看到咱的尾巴，都會稱讚不已。這對尖尖的耳朵也是咱自豪的地方，咱這對耳朵從不曾漏聽任何災禍或謊言，從危機中解救過無數同伴。說到約伊茲的賢狼，除了咱沒有第二人。」

雖然赫蘿驕傲地說著，但她立刻記起寒冷的感覺，縮著身體躲進貂皮底下去。

羅倫斯有些看呆了。一部分是因為赫蘿迷人的赤裸身軀，另一部分是因為長在腰際附近的尾巴確實動了。

不僅是耳朵，連尾巴都是真的。

羅倫斯想起先前的狼嚎，那毫無疑問是真正的狼嚎。那麼，難道赫蘿真是豐收之神赫蘿嗎？

「不，不可能。」

羅倫斯自問自答似的喃喃道，他再度往赫蘿的方向望去。視線那頭的赫蘿毫不在意羅倫斯的存在，她窩在貂皮底下，一副很暖和似地瞇著雙眼。那模樣看起來還真像貓，不過這不是重點。

重點是赫蘿究竟是人？還是鬼怪？

惡魔附身者並不是因為他們的外表不像正常人類，所以才害怕被教會發現。惡魔附身者是因為惡魔或妖精藏身在他們體內，往往會帶來災禍，所以教會才會主張將他們處以火刑。

但是，如果赫蘿是由動物變身的話，許多古老傳說或民間故事中，都敘述著牠們會為人類帶來好運、或讓奇蹟發生。

事實上，如果赫蘿真是豐收之神赫蘿的話，對做麥子交易的人來說，那會是最有力的幫手。

羅倫斯把自己的意識從腦海裡拉向赫蘿。

「妳說妳是赫蘿，對吧？」

「嗯？」

「妳還說自己是狼。」

「嗯。」

「可是妳身上只有狼耳朵和尾巴啊。如果妳真的是狼的化身，應該還是可以變成狼吧？」

聽到羅倫斯這麼說，赫蘿先是愣了一會兒，隨即臉上又浮現像是搞懂了似的表情。

「喔喔，汝的意思是要咱變成狼給汝看，是唄？」

羅倫斯點頭表示回答，但其實他內心吃了一驚。

羅倫斯原以為赫蘿的反應不是露出困擾的表情，就是用很容易被識破的謊言來敷衍他。

然而，赫蘿的反應卻是兩者皆非，她露出厭惡的表情。比起用個爛藉口解釋自己原本可以輕鬆變成狼的謊言，厭惡的表情更具說服力。不僅表情顯得厭惡，赫蘿甚至直截了當地說：

「咱不要。」

「為什麼？」

「咱還想問汝為什麼非得要看呢？」

赫蘿帶著不悅的表情如此反問，羅倫斯不禁被她的氣勢壓住。然而，對羅倫斯來說，赫蘿究竟是不是人類確實是很重要的問題。羅倫斯重新振作起來，為了盡量讓對話的主導權掌握在自己手中，他提足力量開口說：

「假如妳是人類的話，我打算把妳交給教會，畢竟惡魔附身者總是災禍的根源。不過，如果妳真的是豐收之神赫蘿，又是狼的化身的話，或許我可以考慮一下。」

傳說中，動物化身多是會帶來好運的使者。如果女孩真是如假包換的赫蘿，羅倫斯不但不會把她交給教會，甚至還可能拿出葡萄酒及麵包款待她。不過，如果女孩不是動物化身的話，待遇可就不同了。

聽到羅倫斯的話，赫蘿臉上厭惡的表情加重，臉部變得扭曲，鼻頭上爬滿皺紋。

「根據我所聽到的傳說，動物化身不是可以自由自在變身嗎？如果妳真是動物的化身，應該可以變回原本的模樣吧？」

赫蘿依舊帶著厭惡的表情，靜靜聽著羅倫斯說話。過了不久後，赫蘿輕輕嘆了口氣，從貂皮底下緩緩站起身子。

「教會讓咱吃了不少苦頭，咱可不想再被教會抓住了。可是……」

赫蘿又再嘆了口氣，她一邊撫摸尾巴，一邊繼續說：

「無論是什麼化身，都不可能不求報償。人類想要改變面容也要化妝，想要改變體型也要吃食物，是唄？」

「那妳需要什麼呢？」

「咱變身需要的東西是一些麥子。」

麥子聽起來挺像是豐收之神會要的報償，羅倫斯似乎能夠理解這說法。然而，到了下個瞬間，他卻被嚇住了。

「或是鮮血。」

「鮮……血？」

「不過，不需要很多。」

赫蘿回答時那副自然的表情，讓羅倫斯難以認為這是她臨時編出來的謊言。羅倫斯嚥下口中因緊張而產生的唾液，驀地把視線移到赫蘿的嘴角。他想起剛才赫蘿撿起掉落的肉乾咬下口時，在嘴唇內側看到的兩支尖牙。

「怎麼著，怕了啊？」

赫蘿看著神情膽怯的羅倫斯，苦笑說道。雖然羅倫斯反射性地回答「那怎麼可能」，但赫蘿很明顯地期待著羅倫斯的反應。

然而，赫蘿臉上的笑容沒持續多久就消失了，她把視線從羅倫斯的身上移開，然後開口說：

「看見汝的反應，咱就更不想變身了。」

「為、為什麼？」

羅倫斯覺得赫蘿在嘲諷自己，於是加強語氣反問她。赫蘿沒有把視線拉回羅倫斯身上，她用極盡哀痛的語調回答說：

「因為汝看了準會嚇得魂飛魄散。只要看到咱的模樣，人類和動物都會帶著畏懼的眼神，急忙讓出路來。大家總是把咱當成特別的存在，不管對象是人類還是動物，咱都不希望再受到那種對待了。」

「我、我怎麼可能害怕看到妳的模樣。」

「如果汝要逞強，先設法控制雙手不要發抖唄。」

羅倫斯聽到赫蘿無奈的語氣，不禁看看自己的雙手，當他發現受騙時已經來不及了。

「呵，汝真是個老實人吶。」

赫蘿雖然開心地說著，但馬上改以正經的表情，搶先打算找藉口解釋的羅倫斯一步說：

「不過咱想，如果汝真是個老實人的話，也不是不能變身給汝看。汝剛才說的話是否當真？」

「剛才說的話？」

「如果咱確實是狼，汝就不會把咱交給教會。」

「這……」

聽說惡魔附身者當中，有些人還會製造出幻覺。光靠看到狼的模樣並不能立刻下定論，羅倫斯頓時不知該如何回答。赫蘿彷彿看透他的心聲似地開口說：

「咱啊，無論對方是人類還是動物，都不會看走眼。咱相信汝一定會遵守承諾的。」

聽著赫蘿帶點惡作劇意味的話語，羅倫斯更不知該如何回答了。被赫蘿這麼一說，羅倫斯總不能現在又出爾反爾。羅倫斯雖然明白自己完全被赫蘿掌控在手中，卻也無能為力改變。

「就讓汝看一些唄。不過，變全身太累人了，手臂就好，汝將就點唄。」

赫蘿說完後，緩慢地把手臂朝貨台角落的方向伸去。

原以為這是赫蘿變身前必須有的特殊姿勢，但在下一瞬間，羅倫斯立刻明白赫蘿伸手的用意了。赫蘿從貨台角落的麥束上，摘了幾粒麥穗下來。

「那些麥穗要做什麼？」

羅倫斯不自覺地發問，但他還來不及把問題說完，赫蘿早已把手中的麥穗放入口中，閉著眼睛像在吞藥丸一樣，吞了下去。

還沒去殼的麥穗根本就吃不得。羅倫斯想像著麥穗的苦澀味道在口中蔓延開來的感覺，不禁皺起眉頭。然而，在下一瞬間，這般小事早就飛到腦海之外了。

「嗚、嗚……！」

赫蘿突然呻吟起來，她抱住左手臂，撲倒在貂皮上。

赫蘿的樣子看起來根本不像演戲，羅倫斯慌張地正想開口詢問，詭異的聲音卻傳進耳裡。

唰唰唰唰，那聲音彷彿上千百隻老鼠在森林裡狂奔而去。聲音持續了幾秒鐘，緊接著又聽到像是踩進柔軟的泥土裡會發出的悶響。

羅倫斯除了驚訝以外，無法做出任何反應。

詭異的聲音一停，赫蘿那原本纖細的手臂，就變成與身體完全不搭調的巨大野獸前腳。

「嗯……唔，果然很不搭。」

赫蘿似乎無法用身體支撐住變得太大的手臂，她把那從肩膀上長出來的野獸前腳放在貂皮上，躺了下來。

「如何?願意相信咱了唄?」

赫蘿仰頭看著羅倫斯說。

「唔……嗯……」

羅倫斯回答不出來。他揉揉自己的眼睛好幾次，還不停甩頭，反覆看著那隻腳。

那隻腳生有褐色長毛，十分健壯。依其大小看來，可以判定擁有這隻前腳的身軀，大到足以與馬兒匹敵。腳部前端的爪子，就像女性在割麥時使用的鐮刀一般大。

如此巨大的前腳竟然會從女孩纖細的肩膀長出來，這不是幻覺是什麼?

羅倫斯怎麼也無法相信眼前的光景，他拿起裝滿水的皮袋，把水往臉上倒。

「汝的疑心病還真重。汝如果認為是幻覺的話，不妨摸摸看啊?」

赫蘿一邊笑，一邊帶點挑釁地動動大大的腳掌。

羅倫斯雖然有些被激怒，但眼前詭異的光景還是令他畏縮。因為這隻前腳實在太巨大了，所以它散發出一種令人難以接近的氣息。

不過赫蘿再次動了動她的前腳，於是羅倫斯下定決心，從駕座上探出身子。

區區狼腳算什麼！我還賣過叫做「龍腳」的商品呢！羅倫斯如此告訴自己。就在他快要碰到狼腳的那一剎那……

「啊。」

赫蘿像是想到了什麼似的叫了一聲，嚇得羅倫斯驚慌地收回他的手。

「哇！怎、怎麼了？」

「嗯，不，這個……等等，汝未免也太驚訝了唄。」

赫蘿用一副「真搞不過你」的態度一說，讓羅倫斯既是羞愧又是氣憤，但如果在此刻生氣，似乎更顯得沒有男子氣度了。羅倫斯勉強控制住情緒後，像在強調自己不會再被激怒似的，一邊伸出手，一邊再次詢問赫蘿說：

「到底是怎麼了？」

「嗯。」

赫蘿突然用哀憐的眼神看著羅倫斯，以嬌嗲的聲音說：

「汝要溫柔一些吶。」

聽到赫蘿帶點撒嬌的話語，羅倫斯全身的神經都在制止他繼續伸手。

羅倫斯看了赫蘿一眼，發現赫蘿嗤嗤笑著。

「汝真是可愛吶。」

羅倫斯決定不再回應赫蘿說的任何話，他粗魯地把手伸向赫蘿的前腳。

「如何?願意相信咱了嗎?」

羅倫斯沒理會赫蘿，他繼續確認手中的觸覺。

羅倫斯之所以沒有回答，雖然有一大半的理由是因為被赫蘿捉弄，而令他感到不悅，但卻不只這麼單純。

不用說，當然就是他手中的觸感。

赫蘿肩上的動物前腳，有著重如巨木般的骨頭，並包覆著如戰士強壯手臂般的肌肉，肌肉表面整齊地長出漂亮的褐色長毛。從連接肩膀的根部到踝部，再往前延伸到巨大的腳掌，腳掌上的每一個肉球像還沒切開的麵包。從美麗桃紅色、觸感柔軟的肉球再看過去，就是帶著堅硬質感、如鐮刀般的爪子。

無論是前腳、還是爪子的觸感，都完全不像幻覺。動物爪子特有的不冷不熱溫度，再加上碰到不該觸摸的東西的感覺，都讓羅倫斯毛骨悚然。

羅倫斯嚥下口中的唾液，不自覺地輕聲說：

「難道妳真的是神？」

「咱才不是神。汝看咱的腳這麼大，應該也明白，咱不過是體型比較大，嗯……加上比身邊同伴們還要聰明的狼罷了。咱是赫蘿，賢狼赫蘿。」

女孩若無其事地自誇聰明，並且得意地看著羅倫斯。

那模樣看起來就跟普通的調皮女孩沒兩樣。然而，女孩肩上的動物前腳所散發出來的氣息，實在教人無法相信她只是隻普通的動物。

女孩給人的感覺絕對不只是體型比較大而已。

「吶，如何呢？」

面對赫蘿再度詢問，羅倫斯仍然無法整理出思緒，只能曖昧地點點頭。

「可是……真的赫蘿現在應該在葉勒的身體裡啊，我聽說赫蘿會進入割下最後一束麥子的人的身體裡……」

「呵呵呵，咱是賢狼啊，咱很了解自己受到哪些限制。正確來說，咱是存在於麥子之中。少了麥子，咱就活不了命。還有，在這個收割的時期，咱確實在最後收割的麥子裡，而且沒辦法從裡面逃脫。只要有人類看著，咱就跑不了。不過，還是有例外。」

羅倫斯一邊聽，一邊佩服赫蘿能夠一口氣說出這麼多話。

「如果附近有比最後收割的熟麥還要大量的麥子，咱就可以在麥子之間移動，而不用擔心被人類看到。村裡的人說過唄?太貪心收割的話，就會追不到豐收之神，而讓祂逃跑了。」

羅倫斯驚覺，把視線移到貨台的某個位置上。

那裡放著麥束，是深山裡的村民給羅倫斯的麥子。

「總之，就是這麼回事。要說汝是咱的救命恩人，也算是唄。如果沒有汝，咱就沒辦法從村子裡逃出來。」

雖然羅倫斯還無法完全相信赫蘿說的話，不過，赫蘿再次吞下幾顆麥穗，讓手臂恢復原貌的樣子，卻讓她的話變得很有說服力。

赫蘿提到救命恩人時，表現得有些抗拒，於是羅倫斯靈機一動，決定要反捉弄一下赫蘿。

「既然這樣，那就把這些麥子帶回村裡吧。少了豐收之神，村民們應該會很困擾。我認識葉勒和帕斯羅村的村民已經很久了，我可不希望看到他們傷腦筋。」

雖然這些話是羅倫斯臨時起意，但仔細一想，他發現自己說的話一點也沒錯。如果赫蘿真的是赫蘿，那麼她一離開村落，村民就要遭遇無法豐收的災禍了。

然而，這些思緒一下子就消失了。

那是因為赫蘿露出遭到背叛的表情看著羅倫斯。

「汝……是在跟咱開玩笑唄?」

赫蘿臉上露出不同於先前的脆弱表情，沒有免疫力的羅倫斯一下子就動搖了。

「那可不一定喔。」

為了爭取一些時間好平穩內心的動搖，羅倫斯隨口回答。

不過，羅倫斯心裡卻同時想著另一件事。他的內心非但無法平靜，反而變得更加掙扎。

羅倫斯內心猶豫著：如果赫蘿是真的赫蘿，也就是豐收之神的話，那麼，羅倫斯應該採取的行動，就是帶著麥子回到帕斯羅村。羅倫斯和帕斯羅村的村民往來這麼久，他並不希望看到村民們困擾。

然而，羅倫斯把視線拉回赫蘿身上，赫蘿的神情不再像先前那樣霸氣，反而像是出現在騎士故事裡被囚禁的公主一樣，不安地低著頭。

羅倫斯面帶痛苦的表情，在心裡自問。

我應該把如此厭惡回到村裡的女孩送回去嗎？

但是，如果她是真的赫蘿……

兩種想法在羅倫斯的腦海裡抗衡，苦惱不已的他因而流了一身汗。

羅倫斯忽然發現有人注視著自己，在場當然沒有其他人。他朝傳來視線的方向望去，赫蘿正用哀求的眼神仰頭看著羅倫斯。

「汝願意……幫咱唄？」

赫蘿微微傾著頭說，羅倫斯無法承受她那哀求的眼神，於是把頭別了過去。羅倫斯每天看的都是馬屁股，突然被赫蘿這樣的女孩用那樣的表情看他，教他如何承受得了。

羅倫斯痛苦地做出抉擇。

他緩慢把頭轉向赫蘿，開口說：

「我想問妳一個問題。」

「……嗯。」

「妳離開後，帕斯羅村的麥田是不是就長不出麥子來了？」

雖然羅倫斯心裡明白，他提出這樣的問題，赫蘿不可能回答對自己不利的答案；但羅倫斯畢竟是旅行商人中的老手，他遇過太多人為了做成生意，而把說謊當成理所當然。赫蘿如果說謊的話，他相信自己能夠立刻識破謊言。

為了不要錯過任何一個謊言，羅倫斯專心等待赫蘿回答。然而，赫蘿卻遲遲未開口。

把視線往赫蘿的方向一看，羅倫斯發現赫蘿臉上帶著完全不同於先前，看似生氣、卻又像快要哭出來的表情，注視著貨台的角落。

「怎、怎麼了？」

那表情讓羅倫斯忍不住開口問。

「就算咱不在，那座村落未來也會持續豐收唄。」

赫蘿面帶不悅的表情說道，她的聲音聽來極為憤怒。

「……是這樣啊？」

羅倫斯雖然如此回答，但卻被赫蘿那股打從心底的憤恨氣勢給懾服。赫蘿點了點頭，她纖細的肩膀因憤怒而顫動。仔細一看，才發現赫蘿的雙手正用力緊握著手邊的貂皮，雙手因失去血色而泛白。

「咱在那座村落待了好長一段歲月，有咱尾巴的毛的數量那麼多年。咱後來雖不願意留在那裡，但為了守護村裡的麥田，咱從不曾偷懶過。因為很久以前，咱答應過村裡的一名年輕人，說要讓村裡的麥子豐收，所以咱信守承諾。」

赫蘿的語氣顯得急躁，說話時完全沒看羅倫斯一眼，由此可知她的憤恨之深。

赫蘿剛才說話還一副口齒伶俐的模樣，現在說話卻幾度停頓。

「咱……咱是寄宿在麥子裡的狼。不僅是麥子，只要是從大地生長出來的植物，咱可比誰都了解。所以咱遵守了諾言，讓那座村落的麥田變得豐腴肥沃。但是吶，有些時候卻得抑制麥子結實；若過度消耗土地資源，就得付出代價。可是吶，村民們一看到麥子收成不好，就說咱反覆無常。村民們這樣的態度在這幾年更是變本加厲，所以這幾年咱一直想要離開那裡，咱無法再忍受了。那時的承諾，咱早已充分做到了。」

羅倫斯知道是什麼事情讓赫蘿如此憤恨不平。聽說，幾年前統治帕斯羅村一帶的領主，變成現在的亞倫多伯爵後，為了提高農作物的生產量，便不斷從南方先進國家引進新的農耕方法。

或許赫蘿認為村民已不再需要她。

再加上最近甚至有些人主張教會所說的神根本不存在，造成流言四處傳播。實在很難保證鄉下地方的豐收之神，不會受到謠言中傷的波及。

「再說，那座村落未來也還會持續豐收。只不過每隔幾年，那些傢伙就得遭遇一次嚴重的饑荒，這得怪那些傢伙的所作所為。但是，他們勢必會靠自己的力量度過難關。那地方根本不需要咱，而那些傢伙也不需要咱！」

赫蘿一口氣說到這兒，深深嘆了口氣，隨後撲倒在貂皮上。她弓起身體，把貂皮粗魯地拉近自己，然後悶頭睡覺。

因為羅倫斯看不到赫蘿的臉，所以不能確定赫蘿是否在哭泣，讓他不知該如何開口，只能搔搔自己的頭。

羅倫斯看著赫蘿纖細的肩膀和狼耳朵，不知該如何是好。

或許真正的神就像赫蘿給人的感覺一樣，前一刻還表現得聰明伶俐、目中無人的樣子，一下子卻又像個小孩子般鬧彆扭，或露出脆弱的一面。

羅倫斯苦惱著不知該如何處理眼前的狀況，但總不能繼續保持沉默下去，於是羅倫斯把話題稍稍換了個角度說：

「我看，就先不論妳說的話是真是假……」

「汝認為咱說謊？」

連開場白都還沒說完，赫蘿就突然抬頭反擊，羅倫斯因此被她的模樣給懾住。但赫蘿似乎猛然發現自己過於情緒化，於是尷尬地說聲「抱歉」，再度把頭埋進貂皮裡。

「我想，我很明白妳十分憤怒的情緒了。可是，離開村落後，妳知道自己能去哪裡嗎？」

雖然赫蘿沒有立刻回答羅倫斯，但羅倫斯發現赫蘿的耳朵動了一下，於是他耐心等待。或許赫蘿因為剛剛把內心憤恨不已的情緒全都發洩出來，所以有些不好意思回頭看羅倫斯。

這麼一想，倒也覺得赫蘿的舉動挺可愛。

赫蘿總算回過頭來，她露出尷尬的表情注視著貨台角落。這證明羅倫斯的推測正確。

「咱想回到北方去。」

赫蘿只說了短短一句。

「北方？」

赫蘿點點頭，然後把視線從貨台拉向遠方。即使不用隨著赫蘿的視線看去，羅倫斯也知道她正看向何方。赫蘿的視線準確地望著正北方。

「咱出生的故鄉——約伊茲森林。咱都記不得離開故鄉多久了……好想回去。」

聽到「出生的故鄉」這句話，讓羅倫斯的心頭一驚，並凝視著赫蘿的側臉。羅倫斯自己就如同拋棄了故鄉一樣，自從踏上行商的旅程後，未曾回到故鄉過。

雖然羅倫斯對於故鄉只有貧窮又狹窄等不好的回憶，然而，獨自坐在駕座上，被寂寞感包圍時，依舊會思念起故鄉。

如果赫蘿是真的赫蘿，她離開故鄉好幾百年以上，而且又在長久停留的地方受人輕蔑。

那麼，也就不難猜想赫蘿思念故鄉的感覺了。

「不過，咱想要先旅行。難得人在遠離故鄉的異國，而且過了這麼漫長的歲月，許多人事物應該都變了，藉機增廣見聞也是一件好事。」

赫蘿說罷，她回過頭以平靜的表情看著羅倫斯，繼續說：

「就算汝想帶著麥子回到帕斯羅村，但只要不打算把咱交給教會的話，咱希望可以和汝一同旅行。汝是不停旅行的旅行商人唄？」

赫蘿微笑著說道。那神情彷彿在說她相信羅倫斯絕對不會那麼做，也彷彿在說她早已看透羅倫斯的心。赫蘿的語氣就像有事拜託認識多年的好友一樣。

羅倫斯雖仍無法判斷赫蘿是否就是真的赫蘿，但他想至少赫蘿的模樣看起來不像壞人。再說，羅倫斯開始覺得與這不可思議的女孩交談還挺有趣的。

然而，因為羅倫斯的商人本性使然，所以他沒有立刻答應赫蘿。身為一名商人，必須具備不畏神明的膽量，以及連親近的人都懷疑的謹慎態度。

羅倫斯思考了一會兒後，緩緩開口說：

「我沒辦法立刻下決定。」

羅倫斯原以為他的答案會惹來赫蘿不滿，但看來他的推測似乎錯誤，赫蘿一副很能理解似地點了點頭。

「做人小心謹慎是件好事。不過，咱看人的眼光不會錯。咱相信汝不是那種會隨便拒絕他人請求的冷血傢伙。不過咱不是人，是隻狼就是了。」

雖然赫蘿口中這麼說，但她的臉上卻是掛著惡作劇的笑容。赫蘿再次躺了下來，鑽進貂皮底下。不過，這次她當然不是像剛剛那樣悶頭睡覺，而像在告訴羅倫斯今天的對話就到此結束。看來，對話的主導權仍然在赫蘿的手上。羅倫斯注視著赫蘿，雖然心中覺得無奈，卻又覺得她的模樣有趣。

赫蘿的耳朵突然動了一下，她從貂皮之中把頭探出來，對羅倫斯說：

「汝不會要咱睡在外頭唄？」

羅倫斯看著赫蘿明知自己不可能那麼做，卻又刻意詢問的模樣，只能聳聳肩示意。赫蘿開心地笑笑，再度鑽進貂皮底下。

看見赫蘿的舉動，羅倫斯不禁覺得她先前一些反應，或許是演戲：有點類似被囚禁的公主的感覺。

不過，羅倫斯並不覺得赫蘿說到對村民的不滿，或是想要回到故鄉時的神情是假裝的。

就結論來說，羅倫斯不覺得赫蘿在說謊，就表示相信她是真正的赫蘿。因為羅倫斯實在無法認為這些事，會是一個被惡魔附身的女孩所幻想出來的。

羅倫斯嘆了口氣，他決定不再繼續思考下去，於是站起身子爬到貨台上。羅倫斯不認為再繼續思考下去會有什麼新發現，這個時候最好的方法就是先睡一覺，醒來後再說。

赫蘿躺著的貂皮原本就屬於羅倫斯，他怎可能自己蓋著麻布睡在駕座上，而讓赫蘿獨享貂皮呢？羅倫斯要赫蘿挪動身子到一旁，跟著鑽進貂皮底下。

羅倫斯背後傳來赫蘿細微的呼吸聲。羅倫斯雖然說沒辦法立刻下決定，但他已經決定如果明天一早起來，赫蘿沒有偷走貨物逃跑的話，或許他可以帶著赫蘿一同旅行。

羅倫斯不認為赫蘿是會偷走貨物的壞蛋，而且如果赫蘿真要這麼做的話，她一定有能力奪走羅倫斯的一切。

這麼一想，羅倫斯不禁有些期待明早到來。

不管怎麼說，羅倫斯已經許久不曾與自己以外的人一起睡覺了。在貂皮的刺鼻腥味中，如果能與散發著香甜氣息的女孩一起入睡，終究是令人開心的事。

或許是察覺到羅倫斯內心如此單純的想法，一旁的馬兒嘆氣似的甩了甩頭。

或許馬兒懂得人類在思考什麼，只是沒有開口說話罷了。

羅倫斯苦笑著閉上雙眼。

羅倫斯一向很早起床。為了善用一整天的時間好多賺取一些利益，商人們每天都會一大早起床。羅倫斯在清晨天色朦朧之中醒來時，赫蘿早已起床，並坐在羅倫斯身旁不知摸索著什麼。雖然赫蘿做著出乎羅倫斯意料的事，但她未免也太大膽了。當羅倫斯抬頭轉過身來，才發現原來赫蘿似乎從他的行李中找到衣物換穿，正準備綁上鞋帶。

「喂！那是我的東西耶！」

就算不是偷東西，但從他人行李中擅自翻找物品的行為，同樣不被神允許。

羅倫斯刻意用帶點責備的語氣說話，但回過頭來的赫蘿臉上卻沒有半點做錯事的表情。

「嗯？醒了啊。咱穿起來如何？合適嗎？」

赫蘿完全不理會羅倫斯說的話，她張開雙臂，對羅倫斯問道。赫蘿不但不認為自己做錯事，甚至還顯得有些得意。看見此刻的赫蘿，不禁覺得昨晚她那失去冷靜的模樣簡直就像夢境。或許毫不客氣的霸道模樣，才是赫蘿的本性吧。

赫蘿身上穿的是羅倫斯擁有的最上等衣服。每當羅倫斯要與鎮上的富商名流談生意時，都會穿上這套衣服。藍色的長袖上衣，搭配七分長的流行背心。用麻布與毛皮混織的稀奇長褲，加上綁在長褲外面，恰巧圍住下半身的腰巾，以及綁緊腰巾的上等羊皮腰帶。靴子是用三層鞣皮製成，厚重得足以抵擋雪山嚴寒氣候的極品。最外面則是披著一件用上好野熊皮毛做成的外套。

對旅行商人來說，擁有一套具有實用性、質感高尚的衣服是值得驕傲的事。羅倫斯從學徒時代就開始儲蓄，整整花了十年的時間才擁有這一整套衣服。談生意時只要穿上這套衣服，再稍加整理一下鬍鬚，對手多會對羅倫斯表現出敬意。

如此意義深重的衣服卻被赫蘿穿在身上。

然而，羅倫斯並沒有生氣。

那是因為尺寸明顯過大的衣服穿在赫蘿身上，竟顯得如此可愛。

「這件黑色熊皮的外套真是上等貨吶，與咱的褐色毛髮非常搭配。不過，這條褲子穿起來會阻礙到咱的尾巴。咱可以在上面剪個洞嗎？」

雖然赫蘿說得輕鬆，但這條長褲是羅倫斯在百般苦求下，老手織工師傅才肯為他做的褲子。如果在長褲上剪個洞，恐怕就永遠無法復原了。羅倫斯以非常堅決的態度用力搖頭。

「唔。也罷，幸好褲子很大，總有辦法穿的。」

羅倫斯看著赫蘿一副確信自己不會要她脫下所有衣物的模樣，一邊坐起身子注視著赫蘿，一邊擔心她該不會穿著這身衣服拔腿就跑吧？如果把整套衣服拿去城裡變賣，相信可以賣到一筆不小的金額。

「看來汝天生就是做商人的料，汝清楚知道自己臉上的表情能夠帶來什麼樣的效果。」

赫蘿笑著說完，便輕快地從貨台往下一跳。

赫蘿的動作過於自然，讓羅倫斯一時沒能反應。如果赫蘿順勢逃跑，恐怕追不到吧。

羅倫斯之所以沒有採取行動，或許是因為他在內心某處確信赫蘿不會逃跑。

「咱不會逃跑的，咱要逃的話早就溜了。」

羅倫斯先看了貨台上的麥子一眼，再把視線移向笑著說話的赫蘿。他發現赫蘿正把熊皮外套脫下，往貨台上丟。看來對赫蘿來說，配合羅倫斯體型訂做的外套大概太長了。昨晚在月光下沒能看得清楚，赫蘿的體型似乎比羅倫斯想像的還要嬌小。身材算是高大的羅倫斯，足足比赫蘿高出了兩個頭。

然後，赫蘿確認衣服狀況之後，順便開口問道：

「咱想要和汝一起旅行，行嗎？」

赫蘿露出一點也不諂媚的笑容。如果她表現出諂媚的姿態，羅倫斯自覺還有辦法拒絕她。然而，赫蘿笑得卻如此開心。

羅倫斯輕輕嘆了口氣。

他心想雖然現在還不能掉以輕心，但至少知道赫蘿不像會偷東西的人，與她一同旅行應該無妨。再說，如果現在與赫蘿分開，回到一人孤單的旅行，那感覺可能會比以往來得更孤獨。

「我想這也算是一種緣分，就讓妳同行吧。」

聽到羅倫斯這麼說，赫蘿果然沒有露出喜出望外的表情，她只是單純笑笑。

「不過，我只不過是個辛苦做生意的商人，妳要負責打點自己的餐費啊！就算妳是豐收之神，也不可能讓我的錢包豐收吧？」

「咱的臉皮沒有厚到拿人好處，還可以表現得若無其事。咱可是賢狼赫蘿，尊貴的狼啊。」

赫蘿鼓著臉，有些生氣地說道，那模樣看起來就像個孩子。但羅倫斯並沒有被赫蘿的演技所騙，他明白赫蘿是故意假裝生氣。

羅倫斯猜得沒錯，過不久後，赫蘿果然咯咯笑了出來。

「不過，尊貴的狼昨天還露出那樣的醜態，實在不怎麼好笑吶。」

赫蘿自嘲似地笑著說道。如此聽來，她昨天失去冷靜的表現似乎是發自內心的真實心情。

「總之，多多指教了……呃──」

「我叫羅倫斯。克拉福・羅倫斯，工作上我都以羅倫斯自稱。」

「嗯，羅倫斯。咱會一直傳述汝的故事，讓汝的名字成為美談永遠流傳下去。」

狼耳朵在抬頭挺胸說道的赫蘿頭上得意地搖動，赫蘿的話或許是發自真心的吧。看著她的模樣，實在難以判斷她究竟是幼稚、還是老奸巨猾，她的情緒就像天上的雲一樣，總是變化無常。

羅倫斯立刻推翻自己剛剛的想法。他心想赫蘿會讓人覺得難以摸透，應該就表示她老奸巨猾了吧。羅倫斯從貨台上伸出手，這個舉動表示著他願意承認赫蘿。

赫蘿露出可掬的笑容，握住羅倫斯的手。

赫蘿的手雖小，卻很溫暖。

「先這樣唄！快要下雨了，還是趕緊出發的好。」

「什……妳怎麼不早點說！」

羅倫斯大聲吆喝，馬兒因驚嚇而發出嘶聲。羅倫斯記得昨天傍晚根本沒有要下雨的跡象，不過現在抬頭一看，確實有薄雲覆蓋著天空。赫蘿看羅倫斯慌張地準備出發，在一旁嘻嘻笑著，還一邊笑，一邊身手矯捷地跳上貨台，迅速整理好原本凌亂的貂皮再蓋上麻布，顯然比起初入門的學徒能幹多了。

「河川的心情不好，咱們離遠一點比較妥當。」

羅倫斯叫起馬兒，收拾好水桶，坐上駕座握住韁繩後，赫蘿也從貨台上跳了過來。

原本一個人坐，顯得有些寬敞的駕座，現在兩個人坐卻稍嫌狹窄。

不過，這麼一來正好可以避寒取暖。

隨著馬嘶聲，兩人奇妙的旅程也跟著展開。

第二幕

一場傾盆大雨從天而降。過了正午不久後，羅倫斯兩人被這場大雨追上。他們在因大雨而變得模糊不清的視線中，發現一間教會，於是匆忙跑進教會。教會有別於修道院，會對羅倫斯這樣的旅行商人、旅人或巡禮者提供住宿，或是為旅行者祈求平安，並且仰賴旅行者的捐款營運。因此，對於羅倫斯兩人的突然到訪，教會的人不但沒有拒絕，還高興地歡迎他們到來。

然而，不管教會再怎麼善意，也不可能讓長著狼耳朵及尾巴的女孩，大搖大擺地進出。於是羅倫斯臨時編了一個謊言，他讓赫蘿套上薄外套，再向教會的人宣稱赫蘿是他的妻子，因為臉部被火灼傷，所以不願意在外人面前脫去帽子。

雖然赫蘿躲在外套底下偷笑，但她似乎也明白自己與教會之間的關係，所以還是配合羅倫斯演戲。赫蘿曾說過教會讓她吃了不少苦頭，所言應該不假吧。

就算赫蘿不是惡魔附身者，而是狼的化身也一樣，這對教會來說都不是重點。因為教會認為除了自己崇拜的神之外，其餘的神都屬於異教，都是惡魔的手下。

羅倫斯兩人穿過教會大門，順利借了一間房間。當羅倫斯整理好被雨淋濕的行李，再回到房間時，發現赫蘿光著上半身在擰頭髮，水珠滴答滴答地從赫蘿美麗的褐色長髮上滴落。羅倫斯心想就算弄濕這滿是破洞的木頭地板，教會的人應該也不會抱怨才對。比起擔心這個問題，羅倫斯更苦惱於不知道該把視線放在哪裡。

「呵，冰冷的雨水正好可以冷敷咱的灼傷。」

赫蘿不顧羅倫斯內心的煎熬，愉快地笑著說道。羅倫斯看不出那謊言是讓她感到好笑，還是不悅。赫蘿撥開貼在臉上的頭髮，隨即以非常豪邁的動作把瀏海往上撥。

要說赫蘿那股勇猛豪氣就像狼一樣似乎也不為過，被雨淋濕而散亂的頭髮，看起來也有些像狼強韌的毛髮。

「貂皮應該沒事唄！那些貂皮的毛髮很不錯，或許那些貂成長的山裡頭也有像咱一樣的狼。」

「可以賣得好價錢嗎？」

「這咱可不知道，咱又不是皮草商人。」

羅倫斯點點頭，這答案聽來再合理不過了。接著便脫下身上濕透的衣服，用力擰乾。

「啊，對了！那些麥子該怎麼處理才好？」

羅倫斯一邊說，一邊擰乾上衣，當他正打算把褲子也擰乾時，想起赫蘿的存在，便停手往赫蘿的方向看去。沒料到赫蘿一副當羅倫斯不存在似地，早已脫得光溜溜在擰衣服，羅倫斯看了也不甘示弱，大膽地脫光衣服。

「怎麼處理是指？」

「我的意思是指要去殼比較好，還是保持現狀就好。不過，要談這些，也得是妳真的寄宿在那些麥子裡。」

羅倫斯刻意用帶點捉弄的語氣說道。赫蘿聽了並沒有反擊，只是嘴角稍稍上揚了一下而已。

「只要咱還活著，那些麥子就不會腐爛或枯萎。不過，那些麥子如果被吃了、被燒了，或是被磨碎混到土壤裡的話，咱可能就會消失。如果汝覺得占空間，可以把麥子去殼保存。嗯，這樣做或許比較好。」

「原來如此。那我等會兒把麥子去殼之後，再把麥粒裝到袋子裡好了。妳應該會想自己帶著它們吧？」

「嗯，如果可以掛在脖子上更好。」

聽到赫蘿這麼回答，羅倫斯不小心把視線移到她的脖子上，隨即又把視線移開。

「不過，可以留些麥子讓我到其他地方去賣嗎？」

羅倫斯平復心情後開口問道，話一說完便聽到啪刷啪刷的聲響。轉頭一瞧，原來是赫蘿正使勁甩著尾巴。尾巴上的毛髮濃密又滑順，甩起水來勁道十足。羅倫斯看著水花四濺，不禁皺起眉頭，一旁的赫蘿卻絲毫不以為意。

「大部分的農作物都是因為長在屬於它的土地上，才會長出豐碩的果實。那些麥子一下子就會枯萎了，去也是白搭。」

赫蘿看著剛擰乾的衣服陷入沉思，但因為沒有其他衣服可穿，只能再穿上被擰得皺巴巴的衣服。不同於羅倫斯身上穿的便宜貨，赫蘿穿的那套衣服質料好，乾得也快。羅倫斯心裡雖然覺得有些不平，還是穿回自己同樣被擰乾的衣服，然後對赫蘿點點頭。

「我們到大廳烘乾衣服。下這種大雨，應該有不少人來這裡避雨，我想暖爐點著了才對。」

「嗯，這點子不錯。」

赫蘿說完後套上外套，蓋住整個頭，接著又咯咯笑了起來。

「有什麼好笑的？」

「呵呵，被火灼傷所以要遮住臉。要是咱啊，絕對不會想到這個。」

「是嗎？那麼，妳會怎麼想呢？」

赫蘿稍稍拉高外套露出臉來，然後驕傲地說：

「如果臉上有灼傷，那也屬於咱。就像咱的耳朵和尾巴一樣，都是獨一無二的證明。」

羅倫斯心想，這種說法果然非常符合赫蘿的作風。但另一方面也認為，那是因為赫蘿沒有真的被灼傷，所以才能夠表現得如此輕鬆。

這時，赫蘿的聲音打斷了羅倫斯的思緒。

「咱知道汝在想什麼。」

外套底下的赫蘿不懷好意地笑著，上揚的嘴角右側露出尖牙。

「要不要試著讓咱受傷看看呢？」

看著赫蘿充滿挑釁的表情，羅倫斯雖想對上她，但又覺得如果現在意氣用事拔出短劍，事態真的會變得難以收場。

赫蘿剛剛說的話很有可能是發自真心，只不過這種刻意挑釁的態度，應該是她天生愛惡作劇使然吧。

「我是個男人，怎麼可能把那麼漂亮的臉蛋劃傷。」

聽到羅倫斯這麼一說，赫蘿像是收到期待已久的禮物似地露出笑容，然後刻意貼近過去。一陣香甜的氣味隨著赫蘿飄來，刺激著羅倫斯的身體，讓他差點伸手抱住赫蘿。

沒料到赫蘿根本不在意羅倫斯的反應，她用鼻子嗅了嗅羅倫斯，然後稍微挪開身子說：

「汝被雨淋過，身上還這麼臭啊。咱這隻狼都這麼說了，錯不了。」

「妳說什麼！」

羅倫斯半認真地揮出拳頭，卻被赫蘿輕鬆躲過而揮了個空。赫蘿一邊嗤嗤笑，一邊微微傾著頭繼續說：

「就算是狼，也會整理自己的毛。汝是長得挺不錯，但好歹要把自己梳洗乾淨些。」

雖然不知道赫蘿是開玩笑還是認真的，但被她這種女孩一說，羅倫斯不禁也認同起來。一直以來，羅倫斯只會注意梳洗乾淨是否對談生意有幫助，從來沒想過梳洗乾淨可以討女孩子喜歡。談生意的對手如果是女人，或許羅倫斯還會有梳洗乾淨的念頭。然而很可惜，他從未見過女性商人。

羅倫斯不知該怎麼回答，於是別過臉去，沉默不語。

「咱覺得汝的鬍子挺好看的。」

羅倫斯的下巴留著適度的鬍子，一向頗受好評。羅倫斯坦率地接受赫蘿的誇獎，有些驕傲地轉向赫蘿。

「不過，咱比較喜歡鬍子長一些。」

羅倫斯聽了，反射性想到商人一向不喜歡長鬍子。赫蘿一邊用雙手的食指從鼻下的位置劃線劃到臉頰，一邊說：

「像這樣，像狼一樣的鬍子。」

這下子羅倫斯總算察覺自己被捉弄。雖然覺得這樣做有點沒度量，但羅倫斯還是決定不理會赫蘿，往房門方向走去。

赫蘿開心地笑著，並跟隨在羅倫斯後頭。

事實上，羅倫斯並不討厭與赫蘿的互動。

「暖爐那兒還有其他人在，妳可別露出馬腳啊。」

「咱是賢狼赫蘿吶。再說，還沒到帕斯羅村之前，咱也是以人類的模樣一路旅行過來的。放心放心！」

羅倫斯回頭一看，發現赫蘿已經把頭藏好在外套底下，完全進入狀況了。

對商人來說，位置在城鎮與城鎮間廣大距離之中的教會或旅店，是重要的情報站，特別是在教會能夠遇到各式各樣的人。在旅店通常只能看到老練的商人，或貧窮的旅人，但教會就不同了。從城裡的啤酒師傅到富有的人，教會裡住著形形色色的投宿客。

羅倫斯和赫蘿進來躲雨的這間教會，前前後後來了十二位客人。其中有幾位看來像是商人，其他則像不同職業的人。

「這樣啊，所以你是從約連那邊過來的？」

「是的。我在約連買了鹽之後，隨即把鹽送到客人那兒，再從客人那兒收了貂皮。」

大廳裡每個人坐在地板上，有的人忙著抓衣服上的跳蚤，有的人在用餐。其中就只有這對夫妻坐在椅子上，並霸佔了暖爐正前方的位置。雖說是大廳，但這裡的空間並不大。十二個人擠在這個空間裡，只要暖爐裡燒著滿滿的薪柴，無論在什麼位置都不難把衣服烘乾。不過，這對夫妻的衣服不像被雨淋濕過，以此看來，應該是捐贈大筆款項給教會，所以自認可大方出入這間教會的有錢人。

羅倫斯如此猜測。他豎起耳朵聽著這對夫妻容易中斷的對話，並伺機順利加入他們。

妻子或許是因為旅途勞累而顯得沉默，因此稍有年紀的丈夫對於羅倫斯加入他們的對話，自然表現出歡迎態度。

「不過，要從這裡再回到約連，這不是太折騰人了嗎？」

「這就得靠商人的智慧了。」

「喔喔？有意思，說來聽聽如何？」

「我在約連買鹽的時候，並沒有當場付錢。我把等金額的麥子，賣給了賣鹽那家商行位在另一個城鎮的分行。那時候我沒有跟分行收取麥子的貨款，但也沒有支付鹽的貨款。也就是說，我在沒有現金往來的情況下，完成兩筆交易。」

這是南方的商業國家在一百年前發明的匯兌體制。羅倫斯從他的師傅，也就是旅行商人的親戚口中知道時，深深為這個體制的存在而感動不已。不過，羅倫斯是經過兩個星期的冥思苦索，才理解其中的奧妙。眼前這位稍有年紀的男子只聽了一次，似乎同樣無法理解。

「這……真是非常奇妙啊。」

男子說完頻頻點頭。

「我住在一個叫做佩連佐的城鎮，我的葡萄園從沒採用過這麼奇妙的方法來買賣葡萄，不知道這樣會不會有問題啊？」

「這種交易體制稱為匯兌，這是商人們為了方便和不同地方的人做生意才發明出來的體制。

如果您是擁有葡萄園的領主，只要小心不要被葡萄酒商惡意貶低葡萄的品質，然後便宜收購就可以了。」

「嗯，我們每年都會為了這檔事與酒商爭論。」

雖然男子笑著這麼說，但事實上，想必這位領主請來的會計人員會面紅耳赤地，與老奸巨猾的葡萄酒商爭論吧。擁有葡萄園的人多半是貴族出身，但幾乎沒有一個貴族會親自耕作或交涉金錢。所以說，統治帕斯羅村與那附近一帶的亞倫多伯爵是個極其古怪的人。

「你說你是羅倫斯先生吧！下次有機會來到佩連佐時，歡迎你來寒舍拜訪。」

「好的，謝謝您。」

男子沒有提及自己的姓名，這是貴族特有的習慣。他們以為即使自己沒有道出姓名，對方也應該認識自己，所以他們認為由自己說出姓名的行為有失格調。

相信到了佩連佐，只要提到葡萄園的領主，就非這名男子莫屬了吧。如果在佩連佐的城裡，羅倫斯等人或許根本無法與這名男子交談，所以教會是最適合建立這種人脈的場所。

「那麼，因為妻子有些累了，我們先失陪了。」

「希望神能指引我們再次相逢。」

這是在教會裡，人人會講的一句話。男子從椅子上站起身子，和妻子一同輕輕點頭告辭後，走出大廳。羅倫斯從先前男子邀他拿來一同坐著的椅子上站起來，把夫妻兩人剛剛坐著的兩張椅子放回大廳角落。
在大廳裡，只有貴族、有錢人和騎士有資格坐在椅子上，而這三種都是會惹人嫌棄的身分。
「嘿嘿，我說老闆，您真是了不起的人物！」
當羅倫斯收拾好椅子，回到坐在大廳中央的赫蘿身邊時，一名男子挨近過來。從男子的裝扮和舉止看來，應該是個同行。男子被鬍子遮蓋的臉孔看來很年輕，似乎是剛入行沒多久的商人。
「我不過是個隨處可見的旅行商人罷了。」
羅倫斯冷冷地回答，坐在羅倫斯另一邊的赫蘿稍稍把身子坐正。這時，赫蘿套在頭上的外套稍微動了一下。不過，應該只有羅倫斯發現那是赫蘿在動耳朵。
「您客氣了。小的剛剛也一直想加入那對夫妻的對話，只是老找不到機會，但老闆您卻輕輕鬆鬆做到了。想到將來要和老闆這樣的對手競爭，就讓人覺得意志消沉。」
男子露出笑容說，缺了一顆門牙讓他的表情顯得可愛。或許他是故意拔掉門牙，好讓他那有點笨拙的笑容告訴大家自己還是個新手。如果是個商人，就一定知道自己的臉會帶給對方什麼樣的印象。
這男子小看不得。
不過，羅倫斯想起自己還是新手時，也和男子有過同樣的想法。於是他表示贊同地說：
「這沒什麼，我剛踏入這一行時，所有旅行商人在我眼裡看來都是妖怪。到了現在，也仍然覺得一半以上的人是妖怪。儘管如此，總還是可以混口飯吃。凡事靠努力啊。」

「嘿嘿，聽到您這麼說，小的就安心多了。啊！小的名叫傑廉，我想您應該看出來了，小的是剛入行的旅行商人，還請多多關照。」

「我是羅倫斯。」

羅倫斯想起自己剛踏入這一行時，為了多認識旅行商人，也是像這樣到處與人搭訕，當時他曾經因為所有人的態度都很冷淡而生氣。然而，如今自己變成被新手搭訕的對象後，也就能理解當初大家為何會對他冷淡了。

初入行的旅行商人只能一味從別人身上找情報，自己卻沒有任何情報可以給人。

「呃……啊，那位是您的同伴嗎？」

不知道傑廉是因為沒有任何情報可以提供，還是犯了新手常會有的毛病——就是想盡辦法在自己不提供任何情報之下，多得到一些情報的毛病——他開口問道。如果是兩個老經驗的旅行商人對談，相信早就互換了好幾個地方上的交易情報。

「我妻子赫蘿。」

雖然羅倫斯猶豫著是否該使用假名，但後來想想，認為沒那個必要，便如此回答。

羅倫斯一提到赫蘿的名字，她便輕輕點頭向傑廉打招呼。

「喔，夫妻倆一同行商啊？」

「妻子生性古怪，認為待在家裡不如待在馬車上好。」

「不過，老闆您讓妻子這樣套著外套，還真是保護周到呢。」

或許傑廉以前曾是城裡的市井無賴，他的能言善道讓羅倫斯有些佩服。不過，旅行商人親戚曾告誡過羅倫斯，最好不要有像他這樣的說話態度。

「嘿嘿，男人的本性就是越看不到，就越想看。我們能夠在這裡相遇，也算是神的指引。能不能就看在這個份上，讓小的見見夫人一面啊？」

真是厚顏無恥！儘管赫蘿並非真是羅倫斯的妻子，但羅倫斯還是忍不住這麼想。

然而，就在羅倫斯打算出聲責怪時，赫蘿本人卻開口說：

「旅行唯有出發前最愉快，狗兒唯有叫聲最嚇人，女人唯有背影最美麗。隨隨便便拋頭露面，會壞了人家的美夢，這種事情咱做不來。」

赫蘿說完後，在外套底下輕輕笑了笑。傑廉被赫蘿這麼一說，只能尷尬地笑笑。就連羅倫斯都非常佩服赫蘿的妙語如珠。

「嘿嘿……夫人真是了得。」

「光是想要怎麼不被踩在腳底下，就夠我受了。」

這句話有一半以上是發自羅倫斯的真心。

「小的想，能夠與兩位相遇一定是神的指引。不知道兩位有沒有興趣聽聽小的說話？」

就在沉默降臨的那一瞬間，傑廉露出缺了門牙的笑臉，挨近羅倫斯說道。

教會不同於一般的旅館，雖然會提供房間，但不會為投宿客打點飲食。不過，只要捐款就可以使用鍋子。羅倫斯捐款借來鍋子，並把五顆馬鈴薯放入裝了水的鍋子裡。當然了，生火所需的薪柴必須另外付費。

趁著等待馬鈴薯煮熟的空檔，羅倫斯隨手把赫蘿寄宿其中的麥子去殼，再找來沒有用到的皮袋，把去好殼的麥粒裝進去。羅倫斯想起赫蘿說過想掛在脖子上，於是拿了一條皮繩回到鍋子旁。馬鈴薯、薪柴、皮袋及皮繩，這些全部加起來也是一小筆錢，羅倫斯一邊在心裡盤算要向赫蘿收多少錢，一邊拿著煮熟的馬鈴薯走回房裡。

羅倫斯因為雙手拿滿東西所以沒能敲門，但擁有狼耳朵的赫蘿似乎靠腳步聲就能夠分辨來者何人。就算如此，羅倫斯進到房間，赫蘿竟是連頭也不回地坐在床上，悠哉地梳理著尾巴的毛。

「嗯？好香的味道。」

赫蘿抬起頭說，她的鼻子似乎和耳朵一樣靈敏。

馬鈴薯上面放了少許山羊乳做成的乳酪。羅倫斯在獨自行商時從不曾如此享受，但今天是兩個人，所以他決定慷慨拿出乳酪。看到赫蘿開心的反應，也就覺得挺值得的。

羅倫斯把馬鈴薯放在床邊的桌子上，赫蘿立刻從床上伸手準備拿馬鈴薯。就在赫蘿的手快要抓到馬鈴薯時，羅倫斯把裝滿麥粒的皮袋丟給了她。

「哇哇。嗯?是麥子啊。」

「還有皮繩，妳自己想辦法掛在脖子上吧。」

「嗯，感恩，不過，還是吃飯先!」

赫蘿隨便把皮袋及皮繩放在旁邊，那動作之草率讓羅倫斯嚇了一跳。赫蘿一副口水直流的表情，把手伸向馬鈴薯。看來，吃飯對赫蘿來說似乎比什麼都重要。

赫蘿拿了一顆大馬鈴薯，並迅速剖成兩半。看著熱氣立刻從馬鈴薯冒出來，赫蘿的臉上漾起幸福的笑容。赫蘿的尾巴像隻小狗一樣甩來甩去，雖然羅倫斯覺得那模樣好笑，但他知道如果說出口，肯定會惹得赫蘿發怒，所以也就作罷。

「狼也會覺得馬鈴薯好吃啊?」

「嗯。咱們狼又不是整年都吃肉。咱們會吃樹上的嫩芽，也會吃魚，人類種的蔬菜比嫩芽還要好吃。還有，咱挺喜歡人類想到把肉或蔬菜用火燒過的點子。」

聽說貓舌頭怕燙，但狼看起來似乎沒有這樣的困擾。赫蘿拿著熱呼呼的半顆馬鈴薯，只吹了兩三次氣，就整個放入口中。才覺得赫蘿吃得太大口，果然她就被噎著了。羅倫斯把裝著水的皮袋丟給赫蘿，解救了她。

「呼，嚇咱一跳。人類的喉嚨果然還是太窄，真不方便。」

「狼嘛，當然是狼吞虎嚥了。」

「嗯。汝瞧，那是因為狼沒有這東西，所以沒法兒慢慢咀嚼。」

赫蘿用手指勾著嘴角往外拉，她指的應該是臉頰吧。

「不過，咱以前也曾經因為吞下馬鈴薯而被噎著。」

「喔。」

「或許咱天生跟馬鈴薯不合唄。」

羅倫斯心想：單純只是妳吃得太猴急了！但沒有說出口。

「話說。」

羅倫斯開口道：

「妳不是有說過可以識破謊言之類的話？」

聽到羅倫斯這麼詢問，赫蘿一邊咬著乳酪，一邊回過頭來。赫蘿正要開口說話，下一瞬間卻猛地把視線移到另一個地方，頓了半秒之後伸出手。

在羅倫斯還來不及問出「怎麼了」的轉瞬間，赫蘿的手便像是抓住什麼般停在半空中。

「竟然還有跳蚤。」

「妳那麼整齊的長毛，當然是跳蚤的最佳溫床。」

在運送毛織物或毛髮較長的皮草時，有時會因季節不同而湧出大量跳蚤，必須靠煙燻才能夠消滅；羅倫斯是因為想起這樣的經驗才說出這種話，但赫蘿聽了是先露出驚訝的表情，隨後又立即挺起胸膛，一臉得意地說：

「汝也知道咱的尾巴漂亮，挺有眼光的。」

看見赫蘿像個孩子似的得意模樣，羅倫斯決定還是不要把自己聯想到的事情說出來。

「妳說可以分辨別人有沒有說謊，那是真的嗎？」

「嗯？喔，多多少少可以。」

赫蘿把捏死跳蚤的手指擦乾淨後，又開始吃起馬鈴薯。

「可以分辨多少呢？」

「這個嘛，咱知道汝剛剛提到咱的尾巴時，其實並沒有要誇獎的意思。」

羅倫斯嚇了一跳，登時啞口無言，一旁的赫蘿開心地笑笑。

「是沒有到百發百中啦。至於信或不信，那就是汝的事了。」

赫蘿舔了舔沾在手指頭上的乳酪，有些惡作劇地笑著說，那模樣彷彿幻想世界裡會出現的妖精或小惡魔。

羅倫斯確確實實被赫蘿懾住，但這時如果過度反應的話，不知道赫蘿又會爆出什麼料來。羅倫斯打起精神接續先前的話題：

「那麼，我想問妳一下，妳覺得剛剛那個小毛頭說的話可信嗎？」

「小毛頭？」

「那個在大廳裡跟我們搭腔的傢伙。」

「喔喔。呵呵，小毛頭啊。」

「有什麼好奇怪的？」

「對咱來說，兩個都是小毛頭。」

羅倫斯心想如果回答不好，大概又會被捉弄一番，所以硬是把卡在喉嚨的話吞了回去。

「呵，看來汝比他成熟些。回說那小毛頭，咱覺得他在說謊。」

聽到赫蘿的話，羅倫斯頓時恢復冷靜，心中喃喃「果然沒錯」。

在大廳裡向羅倫斯搭腔，名叫傑廉的年輕旅行商人，提了一個發財的機會。

那就是目前所發行的某種銀幣，將在不久後發行含銀量較高的新銀幣。如果這消息正確，那麼，舊銀幣的品質雖然比新銀幣來得差，但還是能夠擁有相等於新銀幣的價值。然而，與其他貨幣相比時，含銀量較高的新銀幣卻又勝過舊銀幣。也就是說，如果事先知道哪種貨幣會發行新銀幣，只要大量收集舊銀幣，再換成新銀幣，就可以靠賺取差額發一筆橫財。傑廉向羅倫斯表示，他能提供流通在世上的各種貨幣當中，哪種貨幣可以利用這種差額方式賺錢的情報。不過相對地，羅倫斯必須把賺取的利益分一份給他。羅倫斯當然不可能全盤相信傑廉說的話，他知道傑廉一定也向其他商人說過同樣的話。

赫蘿看看遠方，回想當時她偷聽到的談話內容，接著把拿在手上的馬鈴薯塊放入口中，一口吞下後開口說：

「咱是不知道哪個部分是謊言，也不清楚詳細的談話內容啦。」

羅倫斯點點頭，開始思考，他並沒有期待赫蘿能夠清楚說出哪一個部分是謊言。

只要貨幣交易本身不是子虛烏有的事，就可以推論出，傑廉在有關銀幣的部份上扯謊了。

「貨幣的投機交易並不是什麼稀奇的事，只不過……」

「不明白他說謊的理由，是唄？」

赫蘿先去掉馬鈴薯芽，接著把馬鈴薯放入口中。羅倫斯嘆了口氣。

或許赫蘿早就把羅倫斯踩在腳底下了。

「說謊的時候，重點不在於說謊的內容，而在於為何要說謊。」

「妳以為我花了多少年才明白這個道理？」

「是嗎？雖然汝剛剛說那個叫傑廉的男子是個小毛頭，但是在咱看來啊，汝根本就是五十步笑百步吶。」

赫蘿得意地笑著說。羅倫斯只有在這種時候，才會不禁希望赫蘿不是個人類。如果說外表看來年輕的赫蘿，早已知道羅倫斯費盡千辛萬苦才學到的一些道理，那也未免太讓人難堪了。

就在羅倫斯思考的時候，卻聽到赫蘿意外的發言。

「如果咱不在這兒的話，汝會怎麼判斷？」

「嗯……我會先不判斷是謊言還是真話，假裝接受傑廉的提議。」

「為何要這麼做？」

「如果是真話，只要順著事態發展下去就有錢賺；如果是謊言，就表示有某人在計謀些什麼。遇到這種情形，只要謹慎點不要被騙的話，大致上來說還是可以發到財。」

「嗯。那麼，既然咱在，又跟汝說那是謊言，汝會？」

「嗯？」

羅倫斯發現赫蘿似乎話中有話，最後他終於發現了。

「……啊。」

「呵，汝一開始就不必煩惱這個問題。不管怎樣，汝都會假裝接受提議，是唄？」

看著赫蘿顯得有些邪惡的笑臉，羅倫斯卻找不到半點字眼反駁。

「最後這顆馬鈴薯是咱的。」

赫蘿從床上伸手拿起桌上的馬鈴薯，開心地把馬鈴薯剖成兩半。

懊惱不已的羅倫斯卻是連剖開手上第二顆馬鈴薯的心情都沒有。

「咱是賢狼赫蘿吶，汝以為咱比汝多活了幾十倍呀。」

聽到赫蘿因顧慮到羅倫斯的感受而刻意這麼說，羅倫斯的心情變得更煩悶了。他抓起馬鈴薯，用力咬了一大口。

羅倫斯不禁想起初拜旅行商人親戚為師時，那種當學徒的心情。

隔天，天空明麗，一片秋高氣爽。教會的早晨比商人來得更早，當羅倫斯醒來時，早晨的日課已經結束。羅倫斯對於教會的作息已相當熟悉，所以不覺訝異。然而，當他走到外面的水井洗臉時，卻看到原以為跑去上廁所而不在房裡的赫蘿，與教會的人一同從聖堂裡走出來，讓他吃了一驚。赫蘿雖然有把外套套在頭上低著頭走路，但卻不時與信徒們親密地交談。

不承認豐收之神存在的信徒們，與豐收之神本尊親密交談的光景雖然有趣，但很遺憾，羅倫斯並沒有享受此般樂趣的膽量。

赫蘿與信徒們告別，安靜地走到站在水井旁，一臉愕然的羅倫斯身邊，然後把小小的雙手交叉擺在胸前，小聲說道：

「希望咱的丈夫可以更有膽量些。」

羅倫斯把因冬天將臨而顯冰冷的秋天井水毅然地從頭上往下倒，假裝沒聽見赫蘿在一旁發出的咯咯笑聲。

像赫蘿昨天甩動尾巴把水甩開那樣，羅倫斯也用力甩甩頭髮。然而，一旁的赫蘿卻一臉不以為意地說：

「咱發現教會的地位還真是提高不少。」

「教會的地位從前就很高了吧。」

「沒那回事，咱從北方初來到這裡時，可不像現在這樣。那時教會的人誇張地說唯一的神與十二名天使創造出世界，人類則借用了那個世界。大自然根本不是任何人可以創造的，咱還以為教會的人什麼時候開始學會說笑話了呢。」

這話聽起來有些像自然學者時而提出的批評教會言論，但從當了好幾百年豐收之神，自稱賢狼的赫蘿口中說出，讓羅倫斯更覺得有趣。羅倫斯擦乾身體穿上衣服，並不忘把錢投入水井旁邊的捐贈箱。每當有人使用過水井，教會的人就會查看捐贈箱。如果發現捐贈箱裡沒錢，他們就會說出不吉祥的話，讓使用的人不安。對於不停在旅行的羅倫斯來說，可不想聽到不祥的宣告。

不過，羅倫斯放進捐贈箱的錢幣是錢包裡頭最不值錢，黑糊糊且磨損嚴重的劣質銅幣。

「這算是時代的變遷唄，看來應該是變了許多吶。」

赫蘿指的或許是故鄉吧，她在外套底下的神情看來有些落寞。

羅倫斯輕輕敲了赫蘿的頭說：

「妳自己變了嗎？」

「……」

赫蘿沉默地搖搖頭，那動作看來十分孩子氣。

「既然妳沒變，故鄉也一定沒變啊。」

雖然年紀還輕，但羅倫斯自認已走過不少歲月風霜。正因為一路以來，羅倫斯踏遍各地，與各種不同人相遇，累積各種不同經驗，所以他有資格對赫蘿說出這樣的話。

只要是旅行商人，即使是離家出走憤而離開故鄉的旅行商人，理所當然都會重視自己的故鄉。在他鄉能夠安心依靠的也只有同鄉的人。

所以，每當旅行商人遇到多年不曾回到故鄉的人時，都會這麼說。

赫蘿點了點頭，從外套底下探出臉說：

「如果被汝安慰，就太有損咱賢狼的名譽了。」

赫蘿笑著說完，便轉身往房間的方向走去。赫蘿轉身時的眼神，似乎在向羅倫斯道謝。

如果赫蘿的態度徹底是一個聰明絕頂，上了歲數的賢人，羅倫斯還有辦法應付。

然而，赫蘿時而表現出來的孩子氣舉動，總會讓羅倫斯不知所措。

今年二十五歲的羅倫斯如果是一般人的話，早已娶妻生子，帶著妻小一同上教會。對於人生已走了一大半的羅倫斯來說，赫蘿這樣的舉動總是毫不客氣地闖入他單身寂寞的心裡。

「喂，快來啊！汝在發什麼呆？」

赫蘿在不遠的地方，回過頭來喊羅倫斯。

雖然和赫蘿相遇只過了兩天的時間，但感覺卻不像這樣。

羅倫斯終究還是向傑廉表示自己願意接受他的提議。

然而，傑廉不可能只憑與羅倫斯的口頭約定，就把所有情報告訴羅倫斯；而羅倫斯也不可能先付訂金給傑廉。不管怎麼說，羅倫斯得先賣了貂皮才有現金，於是兩人最後決定約在河口城鎮帕茲歐，在公證人的見證下簽訂正式合約。

「那麼，小的就先走一步了。等你們到了帕茲歐，一切安頓好後，請到一間叫做優倫朵的酒吧；在那裡就可以聯絡到小的。」

「優倫朵嗎？知道了。」

傑廉露出他那可愛的笑臉敬了個禮，便扛起裝滿乾果的麻袋往前走去。

初入門的旅行商人首先會做的事情除了生意之外，更重要的是到各地方熟悉當地的人事物，同時讓對方記住自己。這個時候最適合帶著走的商品就是保存期限久，還可以當成聊天話題在教會或旅館裡兜售的乾果或肉乾。

羅倫斯回想起自己擁有這輛車之前的歷程，看著傑廉的背影不禁懷念起來。

「咱們不跟他一起走嗎？」

傑廉的身影已遠得快要看不見時，赫蘿才突然開口問起。至於這段時間赫蘿在忙些什麼，那就是她看四下無人，便大方地梳理起尾巴的毛。

可能是因為必須套上外套藏住耳朵的關係，赫蘿對於她的栗色長髮一點兒也不在乎，只是用細麻繩隨便紮起來，以免散亂而已。雖然羅倫斯很想建議赫蘿至少用梳子梳一下頭髮，但可惜羅倫斯並沒有梳子。羅倫斯心想：到了帕茲歐後，要替赫蘿買把梳子還有帽子。

「昨天下了一天的雨，所以路上變得泥濘，用走的絕對比坐馬車還要快。沒必要讓他跟著馬車一起慢慢走吧。」

「說的也是，商人最在乎時間了。」

「時間就是金錢。」

「呵呵，很有趣的話。時間就是金錢啊。」

「只要有時間，就可以多賺錢不是嗎？」

「嗯，確實如此。不過，咱就沒有這樣的想法。」

赫蘿一說完，又把視線拉回尾巴。

那是一條自然垂下之後，長度足以超過膝蓋後頭的漂亮尾巴。尾巴的毛髮濃密，如果把毛剃下來賣，相信可以賣個不錯的價格。

「妳守護了好幾百年的農夫們，應該也對時間很在意吧。」

羅倫斯把話說完後，才發現不該提這個話題。赫蘿看了羅倫斯一眼，彷彿在說「你欠我一次了」似地不懷好意笑著。

「哼。汝的眼睛到底長在哪裡？那些傢伙不是對時間在意，而是對空氣在意。」

「……不懂。」

「聽好，那些傢伙是因為清晨的空氣醒來、因為早晨的空氣耕作、因為午後的空氣拔草、因為雨天的空氣搓繩子、因為風兒的空氣擔心農作物、因為春天的空氣促使發芽而歡喜、因為夏天的空氣促使生長而喜悅、因為秋天的空氣促使收割而開心、因為冬天的空氣而等待春天到來。那些傢伙根本就不在意時間，他們的注意力都在空氣上，咱也一樣。」

羅倫斯雖然無法完全理解赫蘿說的話，不過卻也覺得有些地方她講得有道理。看到羅倫斯表示欽佩地點點頭，赫蘿一臉得意地挺起胸，用鼻子發出哼聲。

這隻自稱是賢狼的狼，似乎一點也沒有隱者或賢人般表現謙虛的想法。

就在這時，道路的另一頭走來外表看似旅行商人的路人。

赫蘿雖然套上外套，但是卻沒有藏起尾巴的意思。

就這樣擦身而過的旅行商人只是一直盯著赫蘿的尾巴看，並沒有說話。

他們應該不會認為那是赫蘿的尾巴。如果換成是羅倫斯，也頂多只會猜測那是什麼皮草、又值多少錢罷了。
然而，論到能不能毫不在乎地做到這件事，則又另當別論了。
「汝的腦筋雖然轉得快，但經驗還是不夠。」
可能是已經梳理好尾巴了，赫蘿放開手中的尾巴，並把尾巴收在腰巾裡頭後，從外套底下抬頭看著羅倫斯說道。外套底下的臉孔是年約十五歲上下的女孩，有時候看起來甚至更年幼。
然而，這樣的女孩所說的話，卻跟閱歷豐富的老江湖沒兩樣。
「但是反過來說，只要經過歲月的累積就可以變成有智慧的人。」
「妳是說幾百年後嗎？」
羅倫斯知道赫蘿想要捉弄他，於是趁機反擊。
赫蘿先是露出吃驚的表情，隨後又大聲笑了出來。
「哈哈哈哈哈，汝的腦筋轉得真快。」
「應該只是妳的腦袋用了太久，變得老舊不堪用吧。」
「呵呵呵呵。汝知道狼為什麼要在山裡頭襲擊人類嗎？」
赫蘿突然轉變話題，羅倫斯一時無法跟上，只能毫無防備地回答說：
「不知道。」
「那是因為狼想吃人類的腦袋，好得到人類的智慧。」

赫蘿奸笑著說道，嘴裡露出兩根閃亮的尖牙。

就算赫蘿是在開玩笑，仍然讓羅倫斯感到毛骨悚然，倒抽了一口氣。

過了幾秒鐘，羅倫斯知道自己輸了。

「汝還太嫩了，根本不是咱的對手。」

赫蘿輕輕嘆了口氣，丟下這句話。羅倫斯握緊手中的韁繩，控制自己不露出悔恨的表情。

「話說，汝曾經在山裡頭被狼襲擊過嗎？」

被有著狼耳朵、尾巴及尖牙的赫蘿這麼一問，讓羅倫斯覺得十分不可思議。既蠻橫又恐怖的深山野狼，就在他的身邊跟他說話。

「有。嗯……八次左右吧。」

「很難對付是唄？」

「是啊。如果是野狗群還好，狼群就難對付了。」

「那是因為狼想儘量多吃點人類，好得到……」

「我認錯，別再說了。」

羅倫斯第三次遭狼襲擊，是在組成商隊的時候。

商隊裡的兩名成員終究無法下山，那時的哀號聲至今仍在羅倫斯的耳中盤旋著。

羅倫斯臉上不自覺地變得毫無表情。

「啊……」

聰明的賢狼似乎察覺到異狀了。

「抱歉……」

一臉歉意的赫蘿垂下肩膀，縮著身體小聲地說。

然而，羅倫斯根本沒有心情回答赫蘿。因為他有過太多次遭到狼群襲擊的恐怖經驗，而那些記憶接二連三地在他的腦海裡浮現。

啪滋、啪滋，馬兒走在泥濘上的腳步聲持續了好一段時間。

「……生氣了？」

開口說話的是聰明的賢狼。她一定知道只要這麼問，羅倫斯就無法真的回答自己在生氣。

於是羅倫斯故意回答說：

「是在生氣沒錯。」

赫蘿沉默地抬頭看著羅倫斯。羅倫斯斜眼看了赫蘿一眼，發現赫蘿微微嘟著嘴，那可愛的模樣讓羅倫斯差點原諒了她。

「我真的在生氣，不准再開這樣的玩笑了。」

最後，羅倫斯只好別過頭去，對赫蘿說道。

赫蘿誠懇地點點頭看向前方，她在這方面似乎挺坦率的。

過了一會兒後，赫蘿終於打破沉默開口說：

「狼群只會在森林裡生活，而狗兒曾經被人類飼養過。這就是狼跟狗攻擊性不同的地方。」

雖然羅倫斯可以不理會赫蘿的發言，可是接下來恐怕就很難再找話題繼續談下去。於是羅倫斯稍稍把臉轉向赫蘿，擺出洗耳恭聽的姿態說：

「……嗯？」

「狼只知道人類會狩獵，人類是恐怖的存在。所以咱們狼時時刻刻都在思考，當人類進入森林時，咱們要採取什麼樣的行動。」

赫蘿的眼神直直看著前方，羅倫斯第一次看到她這麼認真說話。

羅倫斯不覺得赫蘿是臨時編造這番話，於是態度帶點保留地緩緩點頭。

然而，有件事情令羅倫斯覺得在意。

「妳也吃過……」

羅倫斯的話還沒說完，赫蘿就拉住他的衣服。

「就算是咱，也有不能回答的事。」

「唔……」

羅倫斯在心裡一邊責備自己沒經過思考就亂說話，一邊說出「抱歉」兩字。

這時赫蘿的臉上突然露出笑容說：

「這樣就算扯平了唄。」

賢狼果然不是只活了二十五年的人可以對付。

在這之後，兩人沒有再開口說話，但也不覺得尷尬。馬車平穩地朝目的地前進，過了中午之後，轉眼間就到了日落時分。

旅行商人在下過雨後的隔天，只要天色一暗，就絕對不會繼續趕路。因為他們知道就算馬車上的貨物再少，一旦馬車的車輪陷入泥濘裡，十次裡有七次抬不起來。

想靠行商穩穩賺錢的不二法門，就是盡量減少損失。對旅行商人們來說，雨天過後的路面可謂危機四伏。

「汝跟咱活著的世界大不相同吶。」

在訴說著明天也是晴朗好天氣的星空下，窩在貂皮堆裡的赫蘿突然說出這句話。

第三幕

有一條名為斯拉烏德的河川，順著平原緩緩地蜿蜒流動。這條斯拉烏德河據說是很久很久以前，有一條巨蛇從東邊山上往西邊大海的方向，順著平原漫無目的蛇行前進所形成的河川。斯拉烏德河有著符合巨蛇爬行痕跡般，水流緩慢的寬敞河道；對於鄰近地區來說，這是一條不可或缺的交通水路。

河口城鎮帕茲歐就位在斯拉烏德河的中游地區，是一座大型城鎮。距離帕茲歐不遠的上游地區是盛產麥子的產地，更上游是綠樹連綿的群山。斯拉烏德河全年都可看到砍伐下來的木材浮在其上，在河川上下游走的船隻穿梭木材之間，會隨著季節變化運送麥子或玉蜀黍等農作物。帕茲歐光是如此就已十分熱鬧，再加上斯拉烏德河上沒有搭建任何橋樑，所以人們自然會聚集到這個渡船較多的城鎮。

時刻早已過了正午，但距離黃昏仍有一段時間，現在正是帕茲歐最熱鬧的時段。羅倫斯與赫蘿就在此時抵達了帕茲歐。

帕茲歐從國王手中取回自治權後，便發展成商業發達的城鎮，掌控這裡的是貴族及商人。入境帕茲歐時，雖然貨台上的貂皮被課了不少關稅，但並未接受身家盤查或要求出示通行證。如果換成是由王族統治的下城，比起貨物，入境者的檢查更為嚴格。這麼一來，明顯不是人類的赫蘿就很難進出了。

「這裡有國王啊?」

這是赫蘿到了帕茲歐後說的第一句話。

「妳是第一次來到這麼多人的城鎮嗎?」

「時代果然在變,咱所知道的城鎮如果有這麼大,就會有國王。」

比起這般規模的城鎮,羅倫斯見識過無數大上好幾倍的大城市。雖然這讓他有些優越感,但要是表現出來的話,恐怕又會惹來赫蘿批評。況且羅倫斯從前也是什麼都不懂。

「呵。咱就這麼說唄,懂得收斂很好。」

看來,羅倫斯還是晚了一步。

儘管赫蘿的注意力全集中在道路兩旁成排的攤販上,她的觀察力依舊如此敏銳。難道這只是恰巧被赫蘿猜中嗎?連心聲都被一語道破,這不僅讓羅倫斯生懼,更讓他覺得無趣。

「嗯……這不是祭典唄?」

不知道是完全沒有發現羅倫斯的感受,還是刻意不理睬,赫蘿依然一臉好奇樣,四處張望。

「如果是教會舉辦祭典,聚集的人數會多到根本無法通行。今天的人群還算少。」

「喔,難以想像。」

赫蘿開心地笑著說,她把身子探出馬車物色道路兩旁成排的攤販。

看著赫蘿像典型的鄉巴佬來到大城市的模樣，羅倫斯突然想到另一件事。

「喂。」

「嗯？」

赫蘿雖然有出聲回應，但她的視線仍然停留在攤販上。

「妳不用把臉遮起來嗎？」

「嗯？臉？」

赫蘿總算回過頭來回答。

「雖然帕斯羅村的人現在正開心地飲酒歡唱，大肆慶祝，不過並不表示所有村民都參加祭典。還是有不少村民會進城裡辦事，他們可能會注意到妳。」

「哼，原來是在說這個呀。」

赫蘿突然露出不悅的表情，坐回駕座上。她正對著羅倫斯，把套在頭上的外套拉高到快露出耳朵的位置。

「就算咱把耳朵露出來，也不會有人發現。那些傢伙早就把咱給忘了。」

氣氛緊張到羅倫斯沒有當場大聲吆喝，簡直近乎奇蹟。羅倫斯像安撫情緒亢奮的馬兒一樣，不自覺地張開手掌伸向赫蘿。雖然赫蘿不是馬兒，但伸出手掌多少產生了一些效果。

赫蘿用鼻子哼了一聲後，放下原本拉著外套的手，然後看著前方嘟起下嘴唇。

「妳在帕斯羅村待了好幾百年，至少也會有關於妳的傳說吧？還是妳從沒有以人類的模樣現身過呢？」

「有傳說啊，咱偶爾也會以人類的模樣出現。」

「其中也有關於妳外表的傳說嗎？」

聽到羅倫斯這麼問，赫蘿一臉不耐煩地斜眼看著羅倫斯，隨即又嘆了口氣說：

「就咱記得的內容是這樣……美麗的女孩模樣，年紀永遠在十五歲上下。有著一頭滑順的長髮、狼耳朵以及尾端白色的尾巴，毛髮是漂亮的褐色。赫蘿時而以這樣的姿態出現在村裡，只要答應不說出赫蘿出現，她就會保證讓村裡明年的麥子豐收……」

赫蘿神情慵懶往羅倫斯看去，她的眼神彷彿在說「這樣可以了吧？」

「這內容聽來，妳的特徵交代得一清二楚，真的沒問題嗎？」

「就算耳朵和尾巴被看到，也會像汝一般懷疑是假的唄。他們不可能發現的。」

可能是因為剛剛拉扯外套使狼耳朵被壓到，赫蘿把手伸進外套底下，調整耳朵的位置。

羅倫斯斜眼看著赫蘿這樣的舉動。雖然羅倫斯仍然有些在意，但兩人之間的氣氛讓他覺得自己要是再說下去，赫蘿恐怕會發怒，於是便閉上了嘴。

在赫蘿面前，似乎得避諱有關帕斯羅村的話題。況且有關赫蘿的傳說似乎沒有提到她的面貌，只要不被看到耳朵及尾巴，就應該不會有人知道她是赫蘿。羅倫斯說服自己，傳說畢竟只是傳說，不是教會貼出來的通緝令。

然而，在羅倫斯決定不再多談這個話題之後，過了好一會兒，原本一臉沉思狀的赫蘿從外套底下忽然開口說：

「咱說汝啊。」

「嗯？」

「就算那些傢伙……看到咱也不會察覺，是唄？」

赫蘿的感覺與先前完全不同，她的神情彷彿訴說著希望自己被察覺。

當然，羅倫斯並不笨。他努力讓自己面無表情，然後把視線放在馬兒的屁股上說：

「我當然是希望他們不會察覺了。」

赫蘿自嘲似的輕輕笑了笑，然後回答：「哎，沒什麼好擔心的。」

當赫蘿再次坐在馬車上一邊看著攤販，一邊發出驚嘆聲時，羅倫斯才發現赫蘿剛剛那句話不僅是說給他聽，其實也是說給赫蘿自己聽。

不過，羅倫斯當然沒有向赫蘿確認這件事，畢竟她看起來如此頑固。

看著轉眼間已完全恢復平靜心情，一看到好吃的水果或食物便興奮不已的赫蘿，羅倫斯只能淡淡地苦笑。

「有很多水果吶，這些水果都是附近採摘的嗎？」

「這裡是到南方的中繼站，季節對的時候，還可以看到平時很難前往的南方國家水果。」

「南方的水果種類多，真是好吶。」

「北方多少也有水果吧？」

「都是一些又硬又苦澀的水果。不把水果晒乾或放久一點，根本不會變甜。這些工作都不是咱們狼做得來的事，所以咱們只能到村裡去借。」

說到狼會借的東西，腦海裡只會浮現出小鳥、馬兒或綿羊，實在很難想像狼會因為很想吃甜食而跑到村裡來。就算會來也應該是熊才對，掛在屋簷上裝滿葡萄的皮袋就經常被熊拿走。

「狼給人的感覺是愛吃辛辣的食物，說到愛吃甜食會讓人聯想到熊。」

「狼不愛吃辣。有一次咱們找到遇難船隻上的貨物，吃了長得像尖牙的紅色果實，下場是翻天覆地吶。」

「哈哈，那是紅辣椒，高級品呢！」

「那次大夥兒把整個臉栽進河水裡好久好久，還直感嘆著人類真恐怖。」

赫蘿輕輕笑了笑後，繼續沉醉在回憶裡好一會兒，她只是看著攤販，沒再開口說話。然而，過了不久後，赫蘿臉上的笑容逐漸消失，最後輕輕嘆了口氣。懷念總是會在帶來愉快的心情後，又帶來寂寞。

羅倫斯思考著應該說些什麼，赫蘿卻早已恢復心情先開口說：

「同樣是紅色的食物，咱比較喜歡吃那個。」

赫蘿拉了拉羅倫斯的衣服，指著攤販說。

在往返不斷的馬車和行人的另一邊，有著堆積如山的蘋果。

「喔，很漂亮的蘋果。」

「是唄！」

外套底下的赫蘿露出閃耀著光芒的眼神。不曉得赫蘿本人有沒有察覺，她藏在腰巾裡頭的尾巴正像狗兒一樣發出唰唰唰的聲音。或許赫蘿是真的喜歡吃蘋果。

「看起來很好吃的樣子，是唄？」

「是啊。」

怎麼看都覺得赫蘿是拐彎抹角討蘋果吃，但羅倫斯裝成絲毫沒發現的樣子說：

「對了，說到蘋果，我有個朋友花了一半以上的財產購買蘋果期貨。我是不清楚他買了哪裡的蘋果，要是像這裡的蘋果一樣碩大，他的財產或許已經增加一倍以上了。」

羅倫斯夾雜著嘆息聲，喃喃自語說：「早知道我也應該跟著買。」

結果，赫蘿擺出一副「現在不應該說這些吧」的表情注視羅倫斯，但羅倫斯繼續裝傻。

赫蘿似乎沒法坦率說出心裡的話，這是捉弄她最好的機會。

「……嗯，那真可惜吶。」

「不過，風險也很大就是了。要是我，我會選擇坐船。」

「……坐船？」

在談話的過程中，馬兒仍然不斷踏出馬蹄聲，馬車也不停往前進。赫蘿顯得十分焦急。明顯看得出赫蘿想要吃蘋果，可是她又不願意開口要求，所以心不在焉地回應羅倫斯的話。

「就是訂定合約的商人們合資租借船隻，再依照出資金額多寡來決定裝載的貨物量。坐船不同於陸上交通，萬一遇上船難的話，不僅是貨物，連性命都可能不保。只要強風稍微吹過，就很危險。不過，這種方法很賺錢，我曾經坐過兩次船——」

「唔，啊。」

「怎麼了？」

馬車已過了蘋果堆積如山的攤販，蘋果攤販的距離越拉越遠。

沒有什麼事情比知道他人內心在想什麼的瞬間還要令人愉快，羅倫斯刻意露出營業用笑容看著赫蘿說：

「回到剛剛船的話題。」

「嗚……蘋果……」

「嗯？」

「咱……想要……吃……蘋果……」

羅倫斯本以為赫蘿會固執到底，沒想到她卻坦率地說出來，所以就買了蘋果給她。

「妳自己的花費自己想辦法啊！」

赫蘿一邊發出「喀滋喀滋」的聲響吃著蘋果，一邊瞪著羅倫斯。然而，羅倫斯一點也不讓步，他反而刻意在赫蘿面前聳了聳肩。

因為赫蘿老實說出想要吃蘋果的模樣很可愛，所以羅倫斯慷慨地給了她一枚價值頗高的崔尼銀幣，沒料到赫蘿買了這枚崔尼銀幣能夠買得到的蘋果回來。看著赫蘿帶回兩手都難以捧住的大量蘋果，羅倫斯實在不認為赫蘿的腦袋裡會出現「客氣」兩個字。

看到赫蘿吃著第四顆蘋果，嘴巴周圍及雙手都黏答答的模樣，實在教人忍不住想發牢騷。

「汝……喀滋……剛才是……喀滋……故意假裝……嗝……不知道唄。」

「能夠知道別人心裡在想什麼，那感覺真是爽快。」

羅倫斯對大口咬著蘋果，連蘋果芯也不放過的赫蘿說完後，伸手打算拿一顆堆在貨台上的蘋果時，卻被叼著第五顆蘋果的赫蘿打了一下手背。

「那是咱的。」

「是用我的錢買的吧。」

赫蘿鼓起臉頰，咀嚼塞滿整個嘴巴的蘋果。等到把蘋果全都吞下後，才開口說：

「咱是賢狼赫蘿吶，這麼點錢一下子就有了。」

「拜託妳說到做到，我本來是打算拿那枚銀幣來支付今天的晚餐跟住宿費的。」

「喀滋……嗯……可是柒……喀滋……咱啊……」

「吃完再說吧。」

赫蘿點了點頭。等到赫蘿再次開口說話時，她的胃裡已裝了八顆蘋果。

難道赫蘿這樣還打算吃晚餐不成？

「……呼。」

「妳真會吃。」

「蘋果是惡魔的果實，充滿誘惑咱們的香甜味道。」

聽到赫蘿誇張的形容，羅倫斯不自覺地笑了出來。

「如果妳是賢狼，就應該戰勝誘惑啊。」

「雖然貪慾會失去很多東西，可是禁慾也不會有任何建設。」

赫蘿一臉幸福地舔著沾在手上的蘋果汁液，那模樣使她的說詞變得很有說服力。倘若會失去這般難得的幸福，那禁慾簡直是愚蠢至極的事。

當然了，這只是一種狡辯。

「妳剛才想說什麼？」

「嗯？喔，對了。咱手頭沒有本錢，也沒有立刻變出錢來的本領。所以，汝談生意時，咱打

算插嘴說一些話好賺取利益。這樣可否？」
當有人問到「可否？」的時候，只要是商人，都不會隨隨便便回答。對商人來說，在沒有確切掌握對方說的話、背後的用意以及可能造成的影響之前，先不回答是個常識。即使是口頭約束，也算是正式合約。無論遭受多大的虧損，一旦訂定了合約就得遵守。
因此，羅倫斯並沒有立即回答赫蘿。他不明白赫蘿想表達的意思。
「汝最近會賣了後面的貂皮，是唄？」
或許是察覺到羅倫斯心中的疑惑，赫蘿回頭看著貨台說道。
「快一點的話今天，最遲也是明天。」
「到時候咱會視狀況插嘴說話。如果貂皮因為這樣而賣到更好的價錢時，咱希望可以把多出來的金額算成咱的利益。」
赫蘿舔完最後一根小指頭後，若無其事地說。
羅倫斯陷入思考。要是把赫蘿剛剛說的話反過來說，也就是赫蘿能夠把貂皮賣到比羅倫斯更高的價格。
羅倫斯獨立成為旅行商人已有七個年頭，即便插嘴的是賢狼，他也不認為自己談的生意會淺顯到有人在旁插嘴就可以抬高價格，而他的對手也不可能輕易抬高買價。
雖然羅倫斯不認為赫蘿有辦法抬高價格，但赫蘿說話時一派輕鬆的態度，使羅倫斯對赫蘿打算怎麼做產生興趣。因此，羅倫斯向赫蘿說了句「沒問題」，而赫蘿夾雜著打嗝聲回答說「合約正式成立」。

「不過，咱說的絕對不限於賣貂皮的時候。汝畢竟是個商人，或許根本沒有咱插嘴的機會。」

「真是難得啊。」

「自知之明者，謂之賢也。」

如果赫蘿不是一邊依依不捨地頻頻回頭看著後方堆積如山的蘋果，一邊這麼說的話，或許這句話聽起來會像句至理名言。

羅倫斯帶著貂皮前往的地方，是一家名為米隆的商行。米隆商行是以仲介各式各樣商品為業的商行，也是帕茲歐排名第三的商行。排名第一與第二的商行，都是在帕茲歐設置總行的當地業者；但米隆商行總行設置在遙遠的南方商業國，是由擁有爵位的大商人所經營的大型商行，帕茲歐的店面則是其中一家分行。

羅倫斯特地找上並非當地業者的米隆商行，除了因米隆商行為了在異鄉克服外來者的劣勢，而提供較高的商品買價之外，更因米隆商行在各地擁有分行，會有大量情報集中到這裡。

羅倫斯還有另一個想法是：到了米隆商行，或許可以探到一些消息，與在教會裡遇到的年輕旅行商人傑廉的情報有關。因為對於貨幣行情的變動最敏銳的，除了兌換商之外，就是跨越國境做生意的商人們。

羅倫斯與赫蘿兩人先前往旅館確保住宿的房間後，羅倫斯便梳理鬍子整裝出發。一旁的赫蘿仍把外套罩在頭上。

米隆商行距離停船處很近，就在第五家的位置，是間擁有第二大規模的店鋪。米隆商行的店面有著寬敞的馬車出入口，可通往連接到停船處的木板通道，使米隆商行的店面看來像是規模最大的店鋪。寬敞的出入口可看到林林總總的商品種類，及大量商品送入店內，彷彿對往返不絕的行人炫耀店鋪的繁榮盛況。或許這也是米隆商行為了與當地業者較勁的獨門智慧。比起這樣大肆炫耀的方式，當地業者的交易多是利用長期培養而得的人脈，自然不會高調表現出自己賺錢的模樣，因為他們沒必要這麼做。

羅倫斯在米隆商行的卸貨場前面停下馬車，店員隨即出來迎接。

「歡迎來到米隆商行！」

負責管理卸貨場的店員鬍鬚剃得乾淨，頭髮整齊且服裝得體，米隆商行的作風果然特別。一般來說，卸貨場多是外表如山賊的壯漢一邊大聲吆喝，一邊忙碌往來的地方。

「我之前曾在貴商行賣過麥子，今天前來推銷皮草。商品就在後方，可否撥空看一下呢？」

「可以，可以，當然再歡迎不過了。那麼就請直接前進到底，再向左手邊的人員詢問。」

羅倫斯點點頭後，握住韁繩，按照店員指示，駕著馬車從出入口進入卸貨場。卸貨場四處可看到麥子、稻草、石塊、木材、水果，各式各樣物品把卸貨場擠得滿滿的，不斷來回奔走的店員更是活力充沛。卸貨場的盛況道出米隆商行能夠在異國成功的原因，也讓旅行商人明白這一點。

一旁的赫蘿似乎也顯得有些吃驚。

「喂～老闆您上哪兒去？」

羅倫斯兩人一邊斜眼看著店員忙碌地裝貨、卸貨，一邊繼續往店內前進，途中傳來的呼喚聲讓他們停了下來。朝聲音傳來的方向看去，映入眼簾的是一名膚色曬得黝黑、身體冒著熱氣的彪形大漢。看來，搬運貨物的貨場再怎麼也不可能僱用像在門口與羅倫斯搭腔的男子。不過，這名大漢的體格實在太魁梧了點，連赫蘿都不禁小聲說了句：「他是戰士嗎？」

「我們是前來推銷皮草的，店員要我們進來後找左手邊的人員。」

羅倫斯說完後，發現這名大漢就站在卸貨場左邊，兩人四目相交，彼此笑了出來。

「那好，老闆您的馬車就寄放在我這裡吧。請直接往這邊過來。」

羅倫斯按照指示讓馬兒走向男子，男子從正面抱住馬兒，對馬兒發出靜止的指示。或許是受到男子充沛活力的影響，馬兒跟著打響鼻聲。

「哎呀，好馬！這傢伙看來挺強壯的。」

「牠很勤勞工作，從不發牢騷。」

「如果有會發牢騷的馬，那應該當成展示品供世人瞧瞧。」

「正是。」

兩人互相笑了笑。男子把馬兒牽到卸貨場的最裡面，綁在看似堅固的木柵欄上後，大聲呼喚了某人過來。

被喚來的是一名比起拿稻草，更適合拿羽毛筆的男子，想必是負責鑑定商品的採購人員。

「您是克拉福．羅倫斯先生吧，我代替行長感謝您蒞臨本商行。」

恭敬有禮的打招呼方式對羅倫斯來說，已是習以為常的事。但是，在道出姓名之前，對方已知道自己的名字，讓他有些失措。上次來到這家商行，是三年前的冬天拿麥子來賣，或許是門口向他搭腔的男子還記得羅倫斯的臉。

「聽說您今天大駕光臨，是希望把皮草賣給本商行。」

有別於先談起天氣話題再切入正題的當地業者，這裡的作風單刀直入。羅倫斯輕輕咳了一下，把心情轉換成談生意用的情緒。

「是的。我身後的商品正是皮草，總共有七十件。」

羅倫斯輕快地從駕座上跳下來，並邀請負責鑑定的男子一同走近貨台。坐在旁邊的赫蘿也慢一步從駕座走下來。

「喔，這是不錯的貂皮。今年不管什麼農作物都大豐收，所以貂皮的進貨量非常少。」

出現在市場上的貂皮有將近一半的量，是農夫們利用農務閒暇之餘，上山狩獵來的。因此，當農夫因為農作物豐收而忙於農務時，貂皮的供應量就會減少。羅倫斯決定態度表現得強硬一些，他開口說：

「如此優質的皮草是多年難得一見的珍品。雖然在半路上被雨水淋濕過，不過這貂皮完全沒有失去光澤，請您務必親眼瞧瞧。」

「喔喔，確實非常有光澤，毛髮也相當整齊。這大小如何呢？」

羅倫斯從貨台上即時挑出一件看來寬大的貂皮，然後親手交給鑑定的男子。除了擁有者之外，直接碰觸商人的商品是不被允許的事。

「喔喔……這大小真是沒得挑剔。呃——這裡總共是七十件吧？」

鑑定的男子並不會要求檢查其他貂皮的大小，如此不通人情的做法只會讓生意更難談成；這就是買取商品的關鍵。沒有一個買方會不想檢查所有的商品，但是也沒有一個賣方會願意所有商品被檢查。

這裡是虛榮、禮儀及欲望的十字路口。

「那麼……羅倫茲先生，啊！不好意思，羅倫斯先生曾經與本商行做過麥子交易，承蒙您平日關照，這個金額您意下如何？」

同樣的名字在不同的國家會有不同發音，羅倫斯也經常犯下同樣的錯誤。他笑著原諒男子的無心之過，並低頭看看男子從懷裡取出的算盤。依國家或地區不同，數字的寫法也大有不同，為了避免看不懂數字，商人洽商時幾乎不會把數字寫在紙上。算盤上的木珠數量能夠讓人一眼就看懂金額多寡，只不過必須注意是以哪種貨幣計算的金額。

「我建議的金額是一百三十二枚崔尼銀幣。」

羅倫斯瞬間露出困惑的表情說：

「這些貂皮是難能可貴、品質均一的皮草。我是因為之前麥子的交易受到貴行的照顧，所以今天才會把貂皮帶來這裡。」

「那時真是受您關照了。」

「我是希望今後可以與貴行建立起良好的合作關係。」

羅倫斯說到一半輕輕咳了一下，才再繼續說：

「您認為呢？」

「本商行也完全贊同您的想法。那麼，看在今後彼此的密切關係上，就一百四十枚，您的意下如何？」

雖然雙方早已看透對手的本意，但因為這樣的欺瞞之中也藏有真實，所以才讓人覺得談生意十分有趣。

羅倫斯心想，一百四十枚崔尼銀幣算是很不錯的價格，再繼續施壓並不會有好處。再說，也要顧及到今後的關係。

「那就這麼說定」——就在羅倫斯打算這麼說時，一直保持沉默的赫蘿突然輕輕拉了拉羅倫斯的衣角。

「嗯?不好意思，失陪一下。」

羅倫斯向鑑定的男子示意後，把耳朵貼近赫蘿的外套底下。

「咱不懂行情，那價格如何?」

「很不錯。」

羅倫斯簡短地回答後，露出營業用笑容回頭看看鑑定的男子。

「那麼，您願意接受這個金額了嗎?」

鑑定的男子展開笑顏說道，他似乎也察覺到洽談已有了結論。羅倫斯準備開口回答。

他怎麼也沒料到赫蘿會在這時插嘴。

「請等一下。」

「什!」

羅倫斯不禁發出聲音。

赫蘿在羅倫斯繼續開口說話前搶先一步。赫蘿抓住說話拍子的準確程度，甚至讓人覺得她根本是個商人。

「您提議的是一百四十枚崔尼銀幣，沒錯唄？」

「咦？啊，是的。確實是一百四十枚崔尼銀幣。」

被一直保持沉默的赫蘿這麼一問，鑑定員雖然感到有些困惑，但仍然禮貌地回答。女子出現在洽談場合是極其少見的事，雖然不是完全沒有先例，但確實少之又少。

「嗯。汝沒有發現嗎？」

不知道赫蘿是不了解這件事，還是知情卻不在意，她在外套底下從容不迫地問道。

鑑定員注視著赫蘿，一臉驚訝的表情。想必他完全不明白赫蘿的問題指的是什麼，就連羅倫斯也不明白。

「很、很抱歉，我是不是有漏看什麼？」

從鑑定員外表看來，他的年紀與羅倫斯相仿，是從異國來的商人。相信他經歷過無數洽談，也與同樣數量的人應對過。

如此閱歷豐富的老江湖，看來似乎真心向赫蘿道歉。

不可否認，突然聽到那樣的話，任誰都會動搖。更何況赫蘿的話等於在說「你的眼睛長到那裡去了」。

「嗯，汝應該是相當優秀的商人……難道是這樣，所以才假裝沒發現嗎？如果真是這樣，那可就不能對汝大意吶。」

赫蘿在外套底下露出一抹淺笑。羅倫斯擔心赫蘿的尖牙會被看到，捏了一把冷汗；更因為不明白赫蘿為何要這麼說，恨不得痛罵她一頓。

在方才的洽談中，男子的鑑定並無不妥。如果赫蘿所言為真，那表示羅倫斯同樣漏看了赫蘿所指的地方。

不可能有漏看到地方。

「哪、哪兒的話，沒能察覺到真是讓我感到羞愧不已。如果方便的話，能否請您提示我漏看了什麼地方呢?待我確認後，我願意再度提出價格……」

羅倫斯第一次看到負責鑑定的採購人員如此低聲下氣。羅倫斯看過無數假裝擺出低姿態的人，但眼前的男子似乎是發自真心。

赫蘿的話語不僅帶有莫名的份量，她說話的方式更是絕妙無比。

當羅倫斯還陷在這樣的思緒時，赫蘿突然把視線移到他身上說：

「主人啊，捉弄人家不好吶。」

羅倫斯難以判斷「主人」這個稱呼是赫蘿在拿他開玩笑，還是符合當下狀況的稱呼，但如果回答得不妥，不知道事後會如何被赫蘿指責。羅倫斯絞盡腦汁思考，最後回答說：

「那、那不是我的本意。不過，事情演變成這樣，也就算了，妳來告訴他吧。」

赫蘿露出左邊的尖牙給羅倫斯看了後，臉上展露笑容。羅倫斯似乎回答得很妥當。

「主人，請給咱一件貂皮。」

「嗯。」

既然被稱為主人，就必須表現得有威嚴。然而，羅倫斯越是刻意，就越覺得自己的模樣滑稽。誰叫現在掌握主導權的人是赫蘿，不是他。

「謝謝。那麼，先生啊。」

赫蘿呼喚鑑定的男子，並把手上的貂皮拿給他看。羅倫斯雖然挑了一件無論是毛髮長度、大小或色澤都比較好的貂皮交給赫蘿，但他實在看不出貂皮上有抬高價格的要素。如果針對毛髮長度大肆誇耀其整齊度，對方很可能因此要求檢查每一件貂皮。那麼多件貂皮裡難免會有受損的貂皮，對方雖然不會因此砍價，但洽談的氣氛卻會尷尬許多。

「如先生所見，這是一件優質皮草。」

「是的，我完全贊同。」

「嗯，這是多年難得一見的皮草。或許咱應該這麼說：這是多年難得一聞的皮草。」

赫蘿的話讓四周的空氣瞬間凝結，沒有人明白她的意思。

「明明是『氣味』，但卻成了『盲點』，很有趣唄？」

赫蘿說完後，自個兒笑個不停。這完全是赫蘿一個人的舞台，無論是羅倫斯，還是鑑定的男子都沒有餘力去附和赫蘿無聊的玩笑。

「所謂百聞不如一見，先生不妨拿在手上聞聞看。」

赫蘿說完便把貂皮交給男子，拿到貂皮的男子以充滿困惑的眼神看著羅倫斯。

羅倫斯心裡雖然同情男子，但只能緩緩點點頭。

究竟聞了皮草的味道會有什麼發現？羅倫斯以往經歷過的洽談，從未被問起有關味道的事。

想必男子的想法也和羅倫斯一樣，只是面對客人的要求，他不能夠拒絕。男子緩慢把貂皮拉近鼻子，嗅了一下味道。

這時，男子原本只有困惑的表情，頓時多了一些驚訝。再嗅了一下味道，男子臉上的表情就完全被驚訝給取代了。

「如何呢？有聞到什麼味道嗎？」

「咦？啊！有的。這是水果的芳香嗎？」

羅倫斯驚訝地看了看貂皮。水果的芳香？

「沒錯。先生剛剛有提到今年因為豐收，所以貂皮的數量很少，其實森林裡也是處處可見果實累累。這些貂不久前還在這樣的森林裡活蹦亂跳，想必牠們一定吃了相當多果實，身體才會散發出如此香甜的氣味。」

鑑定員聽著赫蘿說明，再度嗅一下味道。男子嗅完後，點了點頭回答「真的沒錯」。

「事實上，就算皮草的色澤多少有好壞之差，但差別也不大吧。皮草在加工、或製成衣服後是否實用，才是重點所在，是唄？好的皮草可以耐久使用，不好的皮草一下子就會走樣。」

「您說的一點也沒錯。」

這隻狼的見識究竟有多廣、多深？羅倫斯不禁暗自佩服。

「如先生所知，這些皮草是飽嚐香甜果實，以至於全身散發出芳香氣味的貂皮，因為這些貂的肌肉緊實，在剝貂皮的時候，可是由兩名壯漢費了九牛二虎之力，才順利把皮剝下。」

男子隨著赫蘿說的話，試著使勁拉扯手上的皮草。

事實上，對於尚未決定購買的商品，買方不會如此用力地拉扯；想必赫蘿也知道這一點。

赫蘿的手段之高，簡直是商人的典範。

「這件皮草有如猛獸的皮草般強韌，穿在身上有如春天的陽光般暖和，下雨時也可以做到撥水的效果。除此之外，還有它散發出來的芳香。請想像一下：在一堆腥臭不堪的貂皮做成的衣服當中，如果有一件衣服是用散發芳香的貂皮做成，這件衣服想必能夠賣得驚人的高價。」

鑑定員看著遠方，想像赫蘿描述的畫面。羅倫斯也跟著想像起來，這件衣服確實會特別醒目。不，或許該說特別醒味？

「那麼，不知道先生願意以多少價格買下這些貂皮呢？」

赫蘿的話像是把鑑定的男子從夢中叫醒。他挺直背脊，急忙拿起算盤計算。算盤發出木珠互相撞擊的清脆聲響，數字也跟著出現在算盤上。

「崔尼銀幣兩百枚，您意下如何？」

羅倫斯聽到這個金額，不禁倒抽了一口氣。一百四十枚已經是相當高的價格，兩百枚根本是難以想像的金額。

「嗯……」

赫蘿發出低吟聲。羅倫斯心想該適可而止了吧，於是打算開口阻止赫蘿。當然了，赫蘿不可能罷手。

「一件貂皮三枚銀幣如何呢？也就是兩百一十枚。」

「唔，呃……」

「主人，其他商行……」

「啊，哇，沒問題！就請以兩百一十枚賣給本行！」

赫蘿聽了滿意地點點頭，把身子轉向羅倫斯說：

「主人，就是這樣。」

赫蘿果然是為了捉弄他才故意稱呼主人。

名為優倫朵的酒吧位在一條略顯沒落的街道上。不過，店內十分具有開放感，且打掃得乾淨，以客層來說，這裡像是木匠師傅經常會來的酒吧。

一坐上優倫朵酒吧的座位，羅倫斯感覺整個人疲憊不堪。反看赫蘿卻是精力充沛。兩三下就輕鬆打敗兩名商人，想必她的心情一定很好。可能是時間還早，店內顯得冷清，所以店員立刻送上酒來。兩人舉起酒杯乾杯，赫蘿一口氣喝掉，但羅倫斯卻只是沾了一小口而已。

明明點了特級葡萄酒，喝來卻是全然無味。

「嗯～果然是葡萄酒好。」

赫蘿說完，連續打了兩次嗝。她舉高木製酒杯向店員再追加一杯酒，女店員滿臉笑容回應出手闊氣的客人。

「怎麼著？汝不喝嗎？」

喀哩喀哩，赫蘿一邊吃炒過的乾豆，一邊詢問。她的語氣聽來並不像在炫耀自己的勝利，於是羅倫斯決定直率地發問：

「妳曾經當過商人嗎？」

赫蘿一邊吃著酥脆的乾豆，一邊舉起追加的酒杯，她的臉上意外地露出苦笑說：

「怎麼？咱的表現傷到汝的自尊呀？」

完全正確。

「咱是不清楚汝經歷過多少次洽談，不過咱在那座村落裡也看過不少洽談。那是什麼時候來著啊？總之是很久以前的事了。那是一個絕頂聰明的人使用過的方法，不是咱想出來的。」

羅倫斯沒有開口，而是用眼神問：「真的嗎？」羅倫斯雖自覺沒出息，但看到赫蘿邊喝酒，邊露出帶點困擾的笑容點點頭後，他不禁嘆了口氣，同時也稍稍感到安心。

「話說回來，我是真的沒發現味道。況且，昨晚蓋著貂皮睡覺時也沒有聞到水果的芳香啊。」

「原因就在於汝買給咱的蘋果。」

羅倫斯驚訝的說不出話來，赫蘿什麼時候動了這種手腳？

可是，這時羅倫斯腦中立即浮現一個疑問。

這不是詐欺嗎？

「咱不會說上鉤的人自己有錯。不過，對方知道有這種方法，也會感到佩服唄。」

「……應該是吧。」

「被騙時只懂得生氣的人根本不成對手。應該要懂得佩服這種手法，才算是真正的商人。」

「真是深奧無比的教誨，簡直像上了歲數的老商人。」

「呵。在咱看來，不管歲數多大的老頭也都像個嬰兒。」

羅倫斯只能苦笑，他聳聳肩喝了一口葡萄酒。這次喝下的酒確實有味道了。

「對了，汝應該做的事沒忘了唄？」

赫蘿指的應該是傑廉提出的提議。

「我剛剛有向商行的人詢問，最近有沒有國家打算重新發行銀幣，他們的樣子不像有所隱瞞。只要不是屬於獨占性市場的生意，商行的人大多不會隱瞞情報。畢竟很多時候藉由提供這些情報，做人情給客人會比較有利。」

「嗯。」

「不過，這類交易可能有的發展方向並不多，這也是為何我會接受提議的原因。」

羅倫斯並非為了虛榮而這樣說，他只是把事實說出來。以極端的說法來說，貨幣行情的變動不是上漲或下滑，就是維持現狀。就算事情變得很複雜，只要再動一下腦筋思考，就會發現一切的可能性幾乎都猜測得到。

也就是說，只要隨著傑廉提議的交易內容，仔細思考哪些人能夠獲利，哪些人又會虧損的話，可選擇的方向就不會太多。

然而。

「總之，不管傑廉的提議有什麼詭計，我只要能夠獲取利益不虧損就好了。沒有什麼比這個更重要了。」

羅倫斯喝了口葡萄酒，把乾豆丟入口中。兩人說好這一頓要由赫蘿買單，怎能不趁機大快朵頤一番呢。

「奇怪，怎麼都沒看到像是店老闆的人出現，難道外出了？」

「那名年輕人說過到了酒吧就可以聯絡到他，看來他與這家酒吧的交情頗深。」

「不，旅行商人會以出生地所屬的商館，或是酒吧作為聯絡的據點，所以晚一點我也得到商館走一趟。看來店老闆果然不在。」

羅倫斯說完後，再次環視店內一周。還算寬敞的店內空間有十五張圓桌，吧檯有十五席座位。店內的客人除了羅倫斯與赫蘿之外，只有兩名看似在消磨時間的退休老工匠。

羅倫斯心想總不能問那兩名老人，於是他向正好送來追加的葡萄酒、醃鯡魚以及燻羊肉的女店員問：

「妳是店老闆嗎？」

女店員纖細的手臂不知哪來的力氣，她輕鬆地把端來的酒及料理放在桌子上，然後對羅倫斯露出笑臉說：

「店老闆正好外出採買東西，請問有什麼事嗎？」

「可否請妳轉告老闆，說我想要與一位名為傑廉的男子聯絡。」

羅倫斯心想如果這家酒吧不認識傑廉，那也無所謂。畢竟以酒吧為聯絡據點的旅行商人實在太多，店家只會認為羅倫斯找錯地方罷了。

然而，羅倫斯似乎擔憂得太早。本來就相當開朗的女店員聽到傑廉的名字後，眼神顯得更加炯炯有神。

「啊，您是說傑廉先生嗎？他有交代過我們。」

「我想與他聯絡。」

「傑廉先生昨晚已經回到城裡來，這陣子他應該每晚都會在這裡出現。」

「這樣啊。」

「他通常會在日落後沒多久就出現，我建議您可以在本店一邊消磨時間，一邊等候他。」

這女孩挺有生意頭腦。不過，她說的話也不無道理。距離日落只剩下一、二個小時，只要在這裡悠哉喝酒，過不了多久就能夠等到傑廉了吧。

「那就聽妳的吧！」

「是，請您慢用。」

女店員向羅倫斯點頭示意，便朝向坐著兩名老人的桌子走去。

羅倫斯舉起裝有葡萄酒的酒杯含了一口酒。微微嗆鼻的清爽酸味，加上融入舌頭兩旁的葡萄甜味。雖然以濃烈口感為賣點的萊姆酒也不錯，但羅倫斯還是比較偏好葡萄酒或蜂蜜酒等帶有甜味的酒。偶爾喝一些不一樣的酒，好比蘋果酒或梨子酒也不錯。

用麥芽釀造的啤酒雖然也不錯，但不同啤酒師傅釀造出來的啤酒好壞不一，再加上個人的喜好大大不同，所以羅倫斯不太喜歡啤酒。不同於葡萄酒的價格越高，味道就越香醇，啤酒無法按照價格來評斷好喝與否，並不適合旅行商人飲用。如果不是住在當地的居民，就無法找到符合自己口味的啤酒。因此，當旅行商人想要假裝成當地居民時，就會點啤酒來喝。

當羅倫斯想著這些事情時，坐在對面的赫蘿已不再忙著吃喝，一臉沉思的模樣。聽到羅倫斯的呼喚，赫蘿隔了好一會兒才開口說：

「那個女孩在撒謊。」

看來赫蘿是在等待女店員走進廚房才開口說話。

「什麼謊？」

「傑廉那名年輕人似乎沒有每天定時在這裡出現。」

「嗯……」

羅倫斯點點頭，注視杯中的葡萄酒。

「這麼說，傑廉應該會如那女孩所說出現在這裡。」

女店員會說那樣的謊，就代表著她隨時能夠與傑廉取得聯繫。如果不是這樣，女店員的謊言只會為羅倫斯與傑廉雙方帶來困擾罷了。

「咱也這麼認為。」

可是，不明白女店員為何要說謊？或許女店員單純是因為隨時可以聯絡到傑廉，所以想要適度拖延時間，好讓羅倫斯與赫蘿多多消費。生意人說些大大小小的謊是家常便飯，如果太在意每個謊言，一下子就會迷失方向。

因此，羅倫斯並不在意女店員的謊言，赫蘿似乎也是同樣想法。

在那之後，除了赫蘿吃到蜂蜜燉煮的大黃蜂幼蟲而大為開心之外，沒有什麼特別的事情發生。到了日落時分，客人開始不斷湧進酒吧。

如羅倫斯所預料，湧進的客人當中，果然出現了傑廉的身影。

「慶祝我們的重逢！」

在傑廉的開場白下，木製酒杯互相撞擊發出響亮的聲音。

「皮草賣得如何？」

「賣到相當好的價格，你看這酒也明白吧？」

「真是令人羨慕，是不是有什麼訣竅呢？」

羅倫斯沒有立即回答，他先喝了口酒，才回答說：

「秘密。」

赫蘿不停吃著酥脆的乾豆，她或許是為了遮掩臉上浮現的笑容。

「不管怎麼說，能夠賣得高價真是太好了。只要老闆您的資金增加，小的所能分到的錢也會增加。」

「雖然資金變多了，但不表示會增加投資的金額。」

「咦？別這麼說啊。小的拼命祈禱皮草賣得高價，就是希望老闆可以增資啊。」

「那你祈禱錯了，你應該祈禱我可以增加投資金額才對。」

傑廉用手蒙住眼睛，誇張地往後仰。

「那麼，該談談正事了吧。」

「啊，是。」

傑廉坐正身子，看著羅倫斯。不過，在這之間傑廉瞄了赫蘿一眼，或許是因為他認為赫蘿是個不得大意的對手。

「你的提議是你願意提供某銀幣即將提高含銀量的情報，但相對希望我把賺來的利益分你一份，沒錯吧？」

「是的。」

「含銀量真的會提高嗎？」

聽到羅倫斯如此開門見山地問，傑廉的神情顯得畏縮。

「呃，其實這消息是小的從一個礦山小鎮聽來的情報裡推測出來的，所以您可以放心地相信小的……只是，做生意沒有穩賺不賠……」

「嗯，也是啦。」

看著傑廉因為羅倫斯的質問與視線而顯得畏縮，羅倫斯反而滿足地點點頭，他抓了一把蜂蜜燉煮的大黃蜂幼蟲放入口中後，繼續說：

「如果你回答穩賺的話，我就打算拒絕；世上沒有那麼好康的事。」

傑廉釋懷地嘆了口氣。

「那你要分多少呢？」

「是的，小的希望收取十枚崔尼銀幣作為情報費，還有老闆獲利的一成。」

「你提的發財夢好處這麼多，要求倒是不多嘛。」

「是。不過，這是因為小的有自己的想法。」

「你是指虧損的部分嗎？」

「是。萬一老闆您有所虧損的話，小的恐怕沒法賠償您的虧損；如果要賠償，小的會傾家蕩產吧。小的雖然只拿利益的一成，但對於虧損的部分，除了退還十枚崔尼銀幣情報費之外，其餘小的一切不過問。」

羅倫斯的醉意早已散去，他用思路清晰的頭腦思考。

簡單分析傑廉的提議，有兩種可能性。

第一種是當羅倫斯有所虧損時，傑廉可利用這個虧損從中獲得利益。另一種是這真的只是場單純的交易。

不過，有賴於赫蘿的判斷，羅倫斯已經知道傑廉所說的銀幣重鑄，也就是藉由增加銀幣當中的含銀量，來提高銀幣價值的消息是假的。這麼一來，能猜測到的可能性只有在銀幣價值下滑的狀況下，傑廉可利用羅倫斯的虧損創造利益。只是，傑廉要如何創造利益呢？

想到這裡，羅倫斯不禁覺得赫蘿指出傑廉在說謊或許是個錯誤的判斷。赫蘿本人也說過並非百發百中，況且傑廉還表示願意退還情報費。可是，羅倫斯也不認為傑廉的計畫會小家子氣到只為了賺取情報費。

就算花再多時間思考這些問題，也得不到答案。如果知道傑廉說的是哪種銀幣，應該就可以有新的發現。

再說，就算演變成虧損的事態，還是可以拿回情報費。羅倫斯大可以隨便作一些投資敷衍一番。比起這些，羅倫斯更感興趣的是傑廉究竟有什麼企圖。

「好吧！大致上應該沒問題了。」

「啊，謝謝您！」

「我再做一次確認。你提出十枚崔尼銀幣的情報費，以及我獲利的一成作為你的應收利益。另外，如果我虧損的話，你會退還情報費給我，而我不能向你請求賠償虧損。」

「是的。」

「還有，在公證人面前宣告剛剛的內容。」

「是。對了，關於結算方面，能不能把結算日訂在春天大市的三天前呢？照小的估計，今年內應該就會提高含銀量了。」

距離春天大市大約還有半年的時間，銀幣提高或降低含銀量所造成的行情變動，必須有這半年的時間才能穩定。假設含銀量確實提高的話，人們對於價值增高的貨幣會產生莫大的信賴感，也會樂意使用具信賴感的貨幣進行交易。這麼一來，這個貨幣的市場價值便會扶搖直上。這時如果急著把貨幣賣出，那可就虧大了。

「喔，無所謂，這時間算是妥當。」

「那麼，小的希望明天就去公證，可以嗎？」

羅倫斯心想沒理由拒絕，於是點點頭，並舉起酒杯說：

「那麼，敬我們的發財夢。」

赫蘿原本在一旁吃著乾豆發呆，她看到兩人舉起酒杯，也匆忙地舉起酒杯。

「乾杯！」

叩！酒杯發出響亮的撞擊聲。

公證人制度如字面上的意思，是針對合約，由第三機關擔任證人的制度。雖說是在公證人的見證下簽訂合約，但如有違反合約的行為時，維持城市治安的士兵並不會因此逮捕違約者。即使是國王統治的繁榮城市，違約者也不會被逮捕。

雖然沒有法律保障，但遭到毀約的一方可以利用公證人之名，大肆宣揚違約者的行為。對商人來說，這無非是致命打擊。特別是想要進行大筆交易的商人，更是害怕這種事發生。即使是來自異地的旅行商人，在發生這種事後，也會無法在當地進行任何交易。

因此，公證人制度或許對不打算繼續行商的人沒用，但對方如果還想當個商人，這個制度就非常具有效力。

羅倫斯在此公證人制度下簽訂合約，並以十枚銀幣的情報費換取傑廉的情報。順利完成合約簽訂後，羅倫斯與赫蘿告別傑廉，直接往市場的方向前進。在擁擠雜沓的鬧區拖著空蕩蕩的馬車，恐怕會造成意外或與他人發生口角，於是兩人把馬車寄放在旅館改以徒步。

「那個年輕人指的銀幣是這個吧？」

赫蘿手上的銀幣是這一帶最常使用的崔尼銀幣。崔尼銀幣最常使用的原因，是它在數百種銀幣當中，為信賴度名列前茅的銀幣。還有一個原因，是單純因為這一帶地區，包括這個城鎮在內，都屬於崔尼國的領土。

如果在本國領土內沒使用本國貨幣，那這個國家的命運不是走向滅亡，就是成為大國屬地。

「這個銀幣在這一帶是信賴度相當高的貨幣。」

「信賴度？」

赫蘿抬頭看著羅倫斯問道。她手上還一邊把玩刻有第十一代國王側臉的白色銀幣。

「世上有好幾百種貨幣，而且經常提高或降低金銀含量，所以每種貨幣都有其信賴度。」

「是嗎？咱所知的貨幣只分為幾種而已。貨幣通常只用在交易動物皮革上。」

「這是哪個久遠年代的事啊？」羅倫斯在心裡暗自說。

「所以呢？現在已經知道銀幣的種類了，有沒有什麼新發現？」

「該說是新發現嗎？我是有想到幾件事。」

「比方說？」

赫蘿一邊看著攤販，一邊說道。這時赫蘿突然停了下來，走在後方看似工匠的男子因此撞上赫蘿。男子正打算開口罵人時，赫蘿稍稍把臉從外套底下探出來，低低頭，視線朝上看著對方道歉。男子粗線條的臉頰瞬間泛紅，他只說了句「小、小心點」後，便離開了。

羅倫斯在心裡告訴自己絕對不要上同樣的當。

「怎麼了？」

「咱想吃那個。」

赫蘿指向麵包攤販說道。時間正好是中午前，剛出爐的麵包整齊排列著。可能是在替主人或學徒們準備午餐，負責跑腿的小伙子在麵包攤販前，挑選著一個人絕對吃不完的大量麵包。

「麵包嗎？」

「嗯。就是那個！那種有淋上蜂蜜的麵包。」

赫蘿指的是為了吸引顧客目光，而掛在攤販屋簷下的細長型麵包。表面裹著厚厚一層蜂蜜的細長型麵包，無論在哪個城鎮都大受歡迎。羅倫斯還記得有一個城鎮的麵包攤販為了吸引顧客目光，把麵包掛在屋簷下並一邊淋上蜂蜜，結果造成顧客為了搶麵包大打出手，最後麵包公會因而訂定必須淋上蜂蜜後，才能夠掛在屋簷下的規定。

蜂蜜麵包確實有著這樣的魅力，但這隻狼未免也太愛吃甜食了吧。羅倫斯不禁苦笑起來。

「妳不是有錢嗎？去買來不就得了。」

「麵包和蘋果的價值應該相差不多。咱拿不動的麵包，汝願意幫咱拿嗎？還是咱應該讓麵包店找錢，好讓麵包店老闆娘擺張臭臉給咱看呢？」

羅倫斯總算搞懂了，赫蘿手上只有崔尼銀幣。用崔尼銀幣買麵包，面額確實太大。就連買蘋果，都買了雙手快拿不動的數量。

「懂了，懂了。我給妳零錢……手伸出來。喏，這枚黑色貨幣大概可以買到一個那種麵包。」

羅倫斯從赫蘿乖乖伸出來的小手上拿起崔尼銀幣，再把黑色銀幣及褐色銅幣交給她，並指著其中一枚貨幣說明。

赫蘿左一次右一次地看著手中的貨幣後，突然開口說：

「汝沒坑咱吧？」

羅倫斯本想一腳踹上赫蘿，但赫蘿早已轉過身往麵包店的方向走去。

「真是嘴巴不饒人的傢伙。」

雖然羅倫斯丟下這句話，但事實上他並不覺得這樣的互動無趣。

看著赫蘿滿臉笑容地大口咬著麵包，邊走路回來的模樣，羅倫斯還是笑了。

「別撞到行人啊，我可不想惹上麻煩。」

「汝當咱是小孩啊？」

「嘴巴四周黏答答地大口咬著蜂蜜麵包的模樣，誰看了都會當妳是小孩吧。」

「……」

看到赫蘿突然沉默不語，羅倫斯還以為她生氣了。然而，老奸巨猾的狼當然不可能會生氣。

「咱可愛嗎？」

赫蘿微傾著頭，視線朝上注視著羅倫斯說道，但羅倫斯聽了，一掌往赫蘿的頭上打下去。

「真是不懂得玩笑的傢伙。」

「我生性認真。」

羅倫斯暗自慶幸赫蘿沒有發現他內心的動搖。

「所以，汝想到什麼？」

「啊，對了對了！就是啊……」

在赫蘿令人不愉快的糾正之前，還是趕緊回到剛剛的話題好。

「如果那件事指的是崔尼銀幣的話，那麼，傑廉所說的話可能不假。」

「喔？」

「原則上崔尼銀幣有理由提高含銀量。我看看……就是這個，這枚銀幣叫做菲林銀幣。這是往南邊走，過了三條河才能抵達的國家所發行的。這個銀幣的含銀量相當高，在市場上頗受歡迎。算是崔尼銀幣的對手吧。」

「嗯，無論在哪一個時代，貨幣永遠代表一個國家的勢力。」

很快進入狀況的賢狼咬了一口麵包說。

「沒錯！國與國之間的戰爭，並非只有派出士兵打仗。當外國貨幣席捲本國市場時，這個國家就等於打了敗仗。只要外國的國王宣佈減少貨幣流通量，本國的市場就會因此動彈不得。物品的買賣交易都少不了貨幣，這可說是整個國家的經濟活動都被控制住。」

「也就是說，提高含銀量的理由是為了打倒對手？」

轉眼間赫蘿已吃完麵包，她舔著手指頭這麼說。

羅倫斯心想只要說到這兒，赫蘿自然會察覺到他想說的話。

「哎，畢竟咱的耳朵不是萬能的。」

赫蘿果然察覺到了。

「傑廉還是有可能沒說謊。」

「嗯，咱贊成汝的說法。」

羅倫斯有些吃驚，赫蘿的反應竟意外平淡。羅倫斯以為就算赫蘿曾表示過自己並非百發百中，一旦遭到懷疑，她還是會生氣地指責羅倫斯懷疑她的耳朵。

「怎麼著？汝以為咱會生氣啊？」

「是啊。」

「如果汝認為咱是這樣的人，咱或許會生氣。」

赫蘿露出惡作劇的笑容說。

「總而言之，傑廉說的可能是真話。」

「嗯。那，咱們現在要去哪兒？」

「既然已經知道是哪種銀幣了，那就應該調查一下。」

「去鑄幣廠？」

看到赫蘿一臉正經地說，羅倫斯忍不住笑了出來。這次赫蘿似乎真的有些生氣了，她嘟起嘴巴瞪著羅倫斯。

「像我這樣的商人如果隨意去了鑄幣廠，肯定會被士兵用槍給刺死。我們要去的地方是兌換商那兒。」

「哼，咱當然也有不知道的事。」

羅倫斯覺得自己似乎越來越了解赫蘿的性格了。

「去兌換商的目的，就是去了解一下銀幣最近的狀況。」

「嗯……了解狀況要做什麼？」

「貨幣如果有大幅波動時，一定會有徵兆。」

「就像暴風雨前的寧靜？」

赫蘿的比喻很有趣，羅倫斯微笑著說：

「嗯，差不多吧。當要大幅度降低含銀量時，會一點一點慢慢降；要大幅度提高時，也會一點一點慢慢提高。」

「嗯……」

看到赫蘿似乎沒搞懂的樣子，羅倫斯清清喉嚨，把存放在他腦海裡，師父教過他的課本翻開，開始解說：

「所謂的貨幣啊，可說是建立在信賴度上。貨幣本身內含的金銀與等重的純金純銀相比之下，很明顯地，鑄成貨幣之後的價值會比較高。當然了，貨幣價值的設定非常嚴謹，但貨幣是將原本價值沒那麼高的東西設定成有價值的東西，這一切靠的都是信賴度。再說，除非貨幣純度有極大幅度的改變，否則難以正確得知純度的實際變化，甚至連兌換商也不是很清楚。除非把貨幣熔燬，才能夠知道其中的純度。可是啊，因為貨幣是建立在信賴度上的東西，所以每當有某種貨幣大受歡迎時，它的價值往往會超出其面額，反之亦然。造成貨幣受歡迎程度上下起伏的原因有很多，最常見的就是含金銀量的變化，所以人們對於貨幣的變化會異常敏感。就算是得用天秤或眼鏡才能夠發現的細微變化，也會被人們當成巨大的變化。」

聽完羅倫斯饒舌的說明後，赫蘿看著遠方陷入沉思。羅倫斯心想就算是赫蘿，也不可能只聽一次就懂，於是他等著赫蘿發問，並準備好隨時為她解答。然而，赫蘿卻遲遲沒有發問。

仔細一看赫蘿的側臉，她的表情看來不像有不明之處而反覆動腦，更像是確認了某些事情。

雖然羅倫斯不願意相信，但或許赫蘿真的只聽了一次說明就懂了。

「嗯。也就是說，發行貨幣的人打算大幅度變動金銀含量時，會先做些微的變動好觀察眾人的反應，然後依照反應來估量提高或降低含量的時機，是唄？」

如果哪個旅行商人有像赫蘿這樣的徒弟，想必他的心情應該會很複雜吧。徒弟表現優秀雖然值得驕傲，但將來勢必會成為生意上的強敵。

比起擔心這個，對花了將近一個月的時間，才明白道理的羅倫斯來說，現在更重要的是不要顯露出懊惱的心情。

「差、差不多就是這麼回事。」

「人類的世界真是複雜吶。」

雖然赫蘿一邊苦笑，一邊這麼說；但她的理解力之高，實在太讓人震驚了。

就在這樣的對話進行之間，兩人來到一條小河邊。這條小河不是與帕茲歐相鄰的斯拉烏德河，而是由人工挖鑿而成，再從斯拉烏德河引入河水的運河。因為這條運河的存在，人們不用在河口辛苦卸貨，就可以把經由斯拉烏德河運到帕茲歐來的大量貨物運入市場。

載滿貨物的小船忙碌地在運河上穿梭，耳邊不時傳來操縱小船的船夫們互相吆喝的聲音。

羅倫斯準備前往架在這條運河上的橋面。兌換商及金屬工匠從以前就習慣在橋上鋪設草蓆，擺上工作台和天秤，直接做起生意。當然了，下雨天他們就得休息。

「喔喔，很熱鬧吶。」

來到帕茲歐規模最大的橋上，赫蘿忍不住喃喃說道。只要關上水門，運河就絕對不會氾濫，因此架在運河上的橋規模之大，絕非一般河川可見。橋面兩側密集排列著兌換商及金屬工匠的地攤，每家地攤前都聚集著人潮，特別是在兌換商的地攤前，人們一個接一個兌換從不同國家帶來的不同貨幣，好方便前往市場。金屬工匠就在兌換商旁邊進行高價的雕刻或鍊金工作。雖然工匠無法在橋上擺放爐子來熔解金屬，不過一些精細的加工及訂單交涉都是在這裡進行。理所當然地，城裡納稅排行榜前幾名的有錢人都會在這裡露面，使得整座橋散發出十足「錢」味。

「這麼多家排在一起，還真不知道去哪家好呢。」

「只要是旅行商人，在任何一個城鎮都一定會有熟悉的兌換商。跟我來吧！」

羅倫斯往橋上熙熙攘攘的人群走去，赫蘿趕緊跟上他的腳步。

在熱鬧繁華的城鎮裡，兌換商或金屬工匠的學徒為了幫師父招攬顧客，會在擠得水泄不通的橋上叫賣，那盛況就如祭典般熱鬧。熱鬧的氣氛固然好，但在混亂之際發生兌換詐欺的事件卻層出不窮，而受騙的當然是顧客。因此到了最近，所有城鎮都已禁止學徒這樣叫賣了。

「喔，看到了！」

羅倫斯從前也曾經遭到詐欺，但自從找到熟悉的兌換商之後，就再也沒發生過了。

在帕茲歐，與羅倫斯配合的兌換商是個比羅倫斯小幾歲的年輕人。

「懷茲，好久不見啊！」

羅倫斯向一名金髮兌換商打招呼。金髮兌換商的顧客剛離開，他正從天秤上取下貨幣。

名叫懷茲的兌換商抬起頭來，一臉疑惑的表情。他一發現是羅倫斯，立刻換以一張笑臉說：

「喲，羅倫斯！好久不見啊！什麼時候來的？」

因為兩人的師父彼此也熟識，所以他們的交情已久，關係就像朋友一般。與其說他們是彼此配合，更應該說是自然而然演變成這樣的關係。

「昨天到的，我從約連那邊沿路行商過來。」

「喔，看來你還是老樣子。最近好嗎？」

「還可以。你呢？」

「嘿嘿，我也得了痔瘡。還傳染了師父的口頭禪，屁股好痛啊！」

雖然懷茲苦笑著說，但對獨立成為兌換商的人來說，這是可獨當一面的證明。兌換商得一整天坐在椅子上招呼絡繹不絕的客人，任誰都會得痔瘡。

「今天來有什麼事嗎？你會在這個時間出現，應該是來換錢的吧？」

「嗯，老實說，我有事想請你幫……怎麼了？」

羅倫斯話說到一半，懷茲才一副像是突然從夢中醒來的表情，把視線拉回羅倫斯。然後又把視線移至其他方向。

正確來說，是把視線移至羅倫斯身旁。

「那位女孩是誰？」

「喔，她是我從帕斯羅村來這裡的路上撿到的。」

「喔……等等，你說撿到的？」

「算是撿到的沒錯。對吧？」

「呃？嗯……總覺得好像有語病，不過，算是唄。」

赫蘿原本好奇地四處張望，她聽到羅倫斯的話才轉過身來，不甘願地附和。

「妳的名字是什麼？」

「咱嗎？咱的名字是赫蘿。」

「赫蘿啊……真是好名字。」

懷茲一副色瞇瞇的表情笑著誇獎赫蘿，赫蘿非但沒有厭惡的感覺，還露出笑容回答他，一旁的羅倫斯看了有些不是滋味。

「如果沒地方去的話，要不要在我這兒工作？現在正好缺一個打雜的人。將來想要繼承我的事業也可以，不然乾脆當我的老婆——」

「懷茲，我來是有事想請你幫忙。」

被羅倫斯打斷話題，懷茲毫不掩飾地露出厭惡的表情說：

「什麼嘛，你已經先下手了啊？」

懷茲毫不客氣的說話態度從以前就是這樣。

然而，別說是對赫蘿下手了，以目前的狀況來看，羅倫斯被赫蘿踩在腳下的時候還比較多，因此羅倫斯明確地向懷茲否認。

「既然這樣，那我追求她有何不可？」

懷茲清楚地表達心意後，便朝赫蘿露出微笑。被追求的赫蘿竟然一副扭扭捏捏的模樣，還說「討厭啦」。雖然羅倫斯知道赫蘿是故意的，但還是令他覺得無趣。

不過，羅倫斯當然沒有把這種心情表現出來。

「這姑且先放一邊，我的事情先解決。」

「哼，知道了啦。到底什麼事啊？」

赫蘿嗤嗤笑個不停。

「你有沒有最近發行的崔尼銀幣？如果有最近三次發行的銀幣更好。」

「怎麼，你抓到調整含量的情報是嗎？」

不愧是熟悉這方面的兌換商，一下子就察覺了。

「算是吧。」

「我只能說你自己謹慎點就是了，要搶先別人一步沒那麼容易的。」

懷茲會這樣提醒羅倫斯，就表示精通貨幣的兌換商也沒有察覺到調整含量的舉動。

「到底有還是沒有？」

「有啊。上個月教會舉辦降臨節時所發行的銀幣是最新的。再之前的是……有了，是這個。」

懷茲從後方的大木箱中，取出四枚有一半面積夾在木頭鑿洞做成的架子裡的銀幣，交給羅倫斯。木架上寫著發行年份。

四枚貨幣看起來一模一樣。

「我一整天都在觸摸貨幣，也沒有察覺到什麼不同之處。這些應該是用相同模型、相同材料做成的。鑄幣廠的技師們不曾換過人，也沒有發生大政變，沒理由改變。」

懷茲說道，想必他早已謹慎比較過貨幣的重量及色澤。儘管如此，羅倫斯還是試著在陽光底下照射貨幣，或用不同方法企圖找出銀幣的不同。然而，銀幣似乎沒有不同的地方。

「沒有用的啦！你那樣做可以發現不同的話，我們早就發現了。」

懷茲雙手托著腮，把手肘撐在兌換台上笑著說。他的意思是告訴羅倫斯別試了。

「唉……該怎麼辦好呢。」

羅倫斯夾雜著嘆息聲說道，把貨幣還給仍單手托著腮，並伸出另一隻手的懷茲。貨幣落在懷茲的手掌上，發出清脆悅耳的聲響。

「想不想熔燬銀幣來調查看看？」

「說什麼傻話，那怎麼可能！」

無論在哪一個國家，都不允許熔燬貨幣。懷茲一副要快說出「愚蠢極了」的表情笑著帶過。

然而，這樣羅倫斯就不知該如何判斷了。他一心以為貨幣一定早有變化，而懷茲一定有所察覺才對。

這是怎麼回事？

就在羅倫斯陷入這樣的思緒時，赫蘿開口說：

「可以讓咱瞧瞧嗎？」

懷茲聽了立刻抬起頭，露出再燦爛不過了的笑容說「當然、當然」，然後把貨幣交給赫蘿。懷茲把貨幣交給赫蘿時，還不忘用雙手緊緊握住赫蘿的手。

「這位先生，死相啦。」

懷茲看到赫蘿一邊微笑一邊叮嚀，整個人完全拜倒在赫蘿的石榴裙下，只見他一臉害羞的模樣搔著頭。

「有發現什麼嗎？」

羅倫斯不理會懷茲，開口問赫蘿。他心想就算是赫蘿，也不可能測得出純度吧。

「汝就看著唄。」

羅倫斯才在心裡猜想赫蘿會怎麼做，就看到她以雙手包住貨幣，舉高到耳際，再搖動雙手讓貨幣發出碰撞的聲音。

「哈哈，這太胡鬧了。」

懷茲苦笑著說。

據說擁有數十年經驗的兌換商當中，有人能夠光靠聽聲音，就猜出些微的純度差異。不過，這幾乎只是傳說。若以旅行商人來舉例，這說法就像只要某個旅行商人買的商品，就一定會漲價的意思。

儘管如此，羅倫斯還是抱著一絲希望。畢竟赫蘿的耳朵是狼耳朵。

「嗯。」

赫蘿停止搖動雙手，打開雙手把其中兩枚貨幣放在兌換台上。

接著，赫蘿再度試著搖晃手中剩餘的兩枚貨幣。赫蘿不停變換手中的貨幣組合，一共做了六趟這樣反覆搖晃的動作後，開口說：

「不知道。」

赫蘿靦腆的模樣似乎又深深扣住懷茲的心，他一副神魂顛倒的模樣，色瞇瞇地點點頭說：

「別在意，別在意。」

「那我先走了喔，下次再一起喝酒。」

「喔！一定喔！一定的一定喔！」

羅倫斯被懷茲猛烈的氣勢壓倒，他承諾懷茲下次一定一起喝酒後，便轉身離去。

儘管已轉身離開，懷茲仍不停地朝赫蘿揮手，赫蘿見狀也多次回頭對懷茲輕輕揮手。

直到人群完全遮住懷茲的身影，赫蘿才把頭轉回前方。過了沒多久，赫蘿忍不住笑說：

「真有趣的人。」

「沒辦法，他是個好色鬼。」

雖然羅倫斯說的是事實，但他心裡或多或少有些希望貶低懷茲的評價。

「所以，含銀量到底是提高了？還是降低了？」

羅倫斯低頭看著仍笑個不停的赫蘿問道。突然間，赫蘿收起臉上笑容，改以吃驚的神情。

「如果汝在套話，那汝的表現越來越好了。」

「知道妳耳朵位置的人只有我啊，妳的耳朵有動了一下吧？」

赫蘿輕輕笑笑，口中喃喃唸著「小看不得。」

「不過，妳沒有當場說出來倒是讓我吃驚。妳說謊的時候，我真的嚇了一跳。」

「姑且不論那個人會不會相信我說的話，但在那四周或許有人會信。知道秘密的人越少越好，是唄？而且，這算是報恩。」

「報恩？」

羅倫斯像隻鸚鵡般重複赫蘿說的話。他心裡想著自己有做過需要赫蘿報恩的事嗎？

「汝剛剛不是有些吃醋嗎？就是報這個恩。」

看著赫蘿不懷好意的視線，羅倫斯雖然明白這是赫蘿的惡作劇，但就是沒法控制臉部表情不變僵硬。為什麼赫蘿總是能察覺這些事情呢？還是她太會套話了呢？

「哎，沒什麼好在意的，所有雄性都是愛吃醋的傻瓜吶。」

正因為道中心聲，所以赫蘿的話聽來更為刺耳。

「不過，雌性也是會因此感到高興的傻瓜。所以吶，不管雄性還是雌性皆為傻瓜。」

赫蘿稍稍把身子貼近羅倫斯說道。

不光是談生意，赫蘿在男女情感方面似乎也挺老練的。

「呵，對咱而言，汝等人類看來不過跟小雞沒兩樣。」

「妳自己現在還不是人類的模樣，妳可小心別在喜歡的狼面前露出利牙啊。」

「胡說什麼。咱只要輕輕一搖咱可愛的尾巴，不管是人還是狼都會立刻為咱傾倒。」

赫蘿單手撐腰，輕輕左右搖擺腰部。赫蘿說的話似乎是真的，羅倫斯找不到話反駁她。

「好了，玩笑話就講到這兒。」

聽到赫蘿這麼說，羅倫斯也恢復正經的表情。

「雖然只有些微不同，但越新的銀幣，感覺聲音越低沉。」

「低沉？」

赫蘿點點頭。聲音變得低沉，就表示含銀量降低。如果只是些微的差距，或許很難分辨聲音的不同，但如果含銀量降低到白色銀幣都變黑了的話，就連外行人也能聽出聲音變得低沉。倘若赫蘿所言屬實，那或許這就是崔尼銀幣即將降低含銀量的前兆。

「嗯……可是，這麼一來，就該認定傑廉說謊了？」

「這很難斷定。不過，視情況發展，那名年輕人或許真會把十枚崔尼銀幣還給汝。」

「我也這麼覺得。如果只是想要賺取情報費的詐欺，不會在酒吧吃得這麼開，在教會的時候應該就會要求我付錢。」

「這事態真是不可思議吶。」

赫蘿輕鬆地笑著說，一旁的羅倫斯卻是拚命思考。

然而，這事態真是越想越不可思議。那名叫做傑廉的年輕人究竟有何企圖？可以肯定他有所企圖。只要查出內幕，羅倫斯就不難求得利益。也是因為這個緣故，羅倫斯才會接受這項提議。然而，到目前為止，仍無法掌握背後的企圖是什麼，讓羅倫斯感到有些困擾。

說到要從銀幣降低價值，也就是在含銀量降低的狀況下獲取利益的可能性，就只有長期投資而已。假設黃金或銀的價值會逐步降低兩個等級的話，在降低到第一個等級時就把黃金賣出，等到再降到第二個等級時買回黃金。這麼一來，手頭上不僅有數量相同的黃金，還會有第一個等級時賣出金額的減去第二個等級時買回金額所得到的差額。黃金或銀的行情隨時都在變動，只要耐心等待黃金升高到最初的價值，就能夠獲取利益。

然而，這次並沒有如此悠哉的時間。半年的時間不可能投入長期投資。

「傑廉既然會提出這樣的交易，那傢伙就一定有利可圖。不可能沒有利益。」

「只要不是個怪人的話。」

「可是，他有提到不過問虧損的部分。這樣的話……」

「呵。」

赫蘿突然笑了出來。

「怎麼了？」

「呵呵呵。汝該不會是被騙了吧？」

聽到赫蘿的話，羅倫斯頓時停止思考。

「被騙？」

「沒錯。」

「妳是指……被騙了十枚銀幣嗎？」

「呵呵呵。並不是惡意從對方身上奪取金錢才算詐欺。」

羅倫斯行商至今將近七個年頭，他見過、也聽過各種千奇百怪的詐欺事件。然而，他卻不明白赫蘿在說什麼。

「精心計劃如何在自己絕不會虧損之下，只讓對方去冒獲利或虧損的風險，這樣的行為也十足算是詐欺。」

羅倫斯的腦袋變成一片空白，甚至還忘了怎麼呼吸，他全身的血液急速往上竄。

「那名年輕人絕對不會虧損，那名年輕人最多只是沒有賺到半毛錢。畢竟銀幣如果貶值，雖然汝會虧損，但那名年輕人頂多把收來的銀幣還給汝罷了。反過來銀幣如果升值，那名年輕人還可以獲取部分的利益。這是不需任何本錢的交易，就算沒有獲利，也不會虧損。」

羅倫斯感覺一陣無力，彷彿膝蓋以下的部位都沒了知覺。他無力地覺得自己怎會上了如此顯而易見的當。

赫蘿說的話確實有道理，是羅倫斯自認為這背後有著極大的企圖。不，只要是善於欺騙的旅行商人都會這麼認為，所以羅倫斯才會有這樣的想法。

傑廉「一定」有利可圖。

「呵，人類真是聰明吶。」

赫蘿事不關己地說道。一旁的羅倫斯除了嘆氣，還是嘆氣。不過，幸運的是到目前為止，羅倫斯並沒有特地買入崔尼銀幣。手頭有的是原本就擁有的崔尼銀幣。與傑廉訂定的合約上並沒有規定必須投資多少銀幣。也就是說，羅倫斯現在必須做的就是祈禱銀幣行情不要變動。只要行情沒有變動，羅倫斯就可以責怪傑廉說謊，要回他的十枚銀幣。當然了，銀幣如果貶值，羅倫斯同樣可以拿回十枚銀幣。這麼一想，就覺得雖然被傑廉給騙了，但損失並不算大。

因為商人一旦不小心掉入陷阱，大多會因此失去一切。

儘管如此，被那個小毛頭傑廉算計，還是深深傷了羅倫斯的自尊。站在嘴角微微上揚笑著的赫蘿面前，羅倫斯不禁慚愧地縮起背來。

「可是吶。」

羅倫斯心想「還有啊？」不禁露出乞求原諒的眼神看著赫蘿，但赫蘿的表情卻像站在獵物前方的獵犬般。

「銀幣的含銀量漸漸降低的事常有嗎？」

羅倫斯感覺像在黑暗中看到一線曙光，他勉強挺起那有如金屬熔化般的癱軟背脊說：

「不，一般會非常謹慎地維持一定含量。」

「嗯。這樣的背景下，卻偏偏出現銀幣含銀量的交易。難道只是偶然？」

「唔……」

羅倫斯心想赫蘿的臉上會帶著微笑，或許單純是因為眼前的狀況讓她覺得愉快。不，想必她一定很愉快。

「不過，汝在那個瞬間帶著那些麥子，站在那座村落的那個位置上，也算是偶然。世上沒有什麼事情比必然與偶然更難懂了，就像要懂得木頭人的愛戀之情一樣困難。」

「真奇妙的比喻方法。」

只有在這種時候能夠馬上反應，羅倫斯在心裡自嘲。

「看來汝好像徘徊在思考的迷宮中走不出來，這時候應該讓自己有新的觀點。咱們想要獵取獵物時，時而會爬到樹上去。從樹上望去的森林又是不同的樣貌，也就是說……」

賢狼赫蘿的臉上帶著奸詐的笑容，一邊露出左邊的尖牙，一邊說道：

「有所企圖的人如果不是那名年輕人呢？」

「啊……」

羅倫斯感覺頭部像受了重重一擊。

「那名年輕人並不一定得從他交易的對象身上獲取利益。好比說，那名年輕人有可能是受人之託，而四處宣傳這詭異的交易好拿取佣金，是唄？」

明明矮了羅倫斯兩個頭的赫蘿，看起來卻像巨人般高大。

「如果只注意森林裡的一株枯樹，會覺得這株枯樹對森林有害；但如果以整體森林來看，這株枯樹會成為提供其他樹木成長的養分來源，那就是對森林有益。如果用不同的觀點來觀察眼前的狀況，經常會發現完全相反的事實。如何？有看到什麼嗎？」

雖然有一瞬間羅倫斯懷疑赫蘿已發現了什麼內幕，但後來他從赫蘿的語調中發現，赫蘿不是在考驗自己，只是單純推他一把。對商人來說，擁有知識非常重要，但這個知識並非單純瞭解商品價格。

思考眼前狀況的觀點，就是「使用不同觀點」的知識。

羅倫斯陷入思考，他用新獲得的這個知識思考。

假設傑廉不是從實際談話的對象——也就是羅倫斯等人身上獲取利益，而是從其他地方獲取利益的話呢？假設傑廉是藉由讓某人買入銀幣，而能夠從另一個人手中拿取佣金的話？

就在這些觀點浮現在腦海裡的那一剎那，羅倫斯倒抽了一口氣。

那是因為如果以這種觀點來看，羅倫斯想到一個計策可以解釋眼前的事態。

這個計策是羅倫斯在從前拜訪過的城鎮酒席上，從另外一名旅行商人口中聽來的。由於那名商人所說的計策規模實在太大，所以羅倫斯當時只當成酒席上的助興話題聽聽而已。

然而，只要用這個計策，就可以輕鬆解釋為何要做出大量買進貶值銀幣的毫無意義舉動。同時也能夠明白傑廉只為了詐欺，為何會採取一些令人匪夷所思的行動。好比說他明知自己說謊，卻仍願意在公證人的見證下訂定合約；或在酒吧異常吃得開了。

傑廉會這麼做是為了讓他提的交易變得有說服力，使羅倫斯願意購買銀幣。

如果羅倫斯的猜測正確，那麼傑廉是在受僱於某人之下，進行回收銀幣的動作。而且，還必須謹慎到不讓人發現是何人為了何種目的在收集銀幣。

如果想要低調地收集某種特定銀幣，最好的方法就是利用商人們的貪財之心，讓多名商人去收集。企圖大撈一筆而買入銀幣的商人們為了不被他人搶走利益，一定會變得非常謹慎且三緘其口。接下來，只要看好時機買走商人們所收集的銀幣就好了。這麼一來，不僅不會影響銀幣的行情，還能夠在不被發現是誰在收集銀幣的情況下，順利達到目的。

想要買斷某種商品好哄抬價格時，也經常會使用這種手段。

這個計策高明之處是一旦銀幣降價，商人們為了盡量減少虧損，都會想要賣掉手中的銀幣。這麼一來，要買下銀幣就不困難，而虧損的商人們為了不讓自己的名譽掃地，也不會到處宣揚自己投資銀幣的事實。

銀幣也會在神不知鬼不覺中，集中到一個地方。

利用這個計策所描繪出來的巨大架構，勢必能夠帶來令人目眩魂搖的利益。至少在羅倫斯記憶中聽來的故事裡，因為這樣而產生的利益是難以計算的金額。

羅倫斯忍不住想要叫出來。

「呵，看來汝好像發現了什麼吶。」

「走吧！」

「嗯？咦？去哪？」

羅倫斯已經開始小跑步，他急躁地回頭回答赫蘿：

「去米隆商行！這個計策的架構肯定就是這樣沒錯。這是買越多貶值的銀幣，就越有利益可圖的計策！」

只要找出對方背後的企圖，就一定能夠獲利。

企圖越大，就越有利可圖！

第四幕

聽到突然到訪的羅倫斯所說的話，所有米隆商行的人都從原本驚訝的表情，霎那間變成警戒。這是因為羅倫斯邀請米隆商行的人，一同對付傑廉所提的交易背後的計謀。傑廉所提的交易內容，原本就不是米隆商行的人能夠立刻相信的事。在這樣的狀況下，羅倫斯又提議對付其背後計謀，米隆商行的人當然更無法相信了。

而且羅倫斯與米隆商行之間還有貂皮事件的疙瘩存在。雖然米隆商行的人沒有氣到不願再與羅倫斯交易，但負責鑑定的人看到羅倫斯出現時，還是忍不住露出苦笑。

在這樣的狀況下，米隆商行的人仍願意與羅倫斯洽談的原因，是羅倫斯拿出在公證人的見證下，與傑廉訂定的合約，並且告訴他們一切可以等到米隆商行確認無所不妥後再進行。

羅倫斯另外還要求米隆商行調查傑廉的背後關係，強調這並非單純的詐欺事件。

只要這麼做，米隆商行的人也會思考如果是單純的詐欺，為何要如此大費周章。這麼一來，米隆商行的人為了預防將來受騙，也會自願加入戰局。羅倫斯如此猜測，而米隆商行的實際反應也如他所預料。

畢竟如果一切真如羅倫斯的推論，米隆商行可以在這個交易中獲取莫大的利益。照理說來，米隆商行正虎視眈眈地想要伺機超越其他商行。就算是有些可疑的交易，但只要能夠賺取龐大利益，米隆商行就一定不會錯過。果然，羅倫斯的猜測是正確的。
羅倫斯成功讓米隆商行的人對這件事情感到興趣後，接下來他採取的行動就是先證明傑廉這名男子的存在。羅倫斯與赫蘿這天便在日落前趕到優倫朵酒吧，告訴女店員他們想與傑廉聯絡。如羅倫斯所料，傑廉果然沒有每天定時在酒吧出現，而女店員的解釋是恰巧今天傑廉還沒有出現。等到日落後沒一會兒，傑廉便現身在酒吧。
羅倫斯與傑廉閒談著無趣的生意話題，而依照安排，米隆商行的人應該就在他們附近的座位偷偷觀察。接下來的幾天時間，米隆商行應該會根據傑廉的身家調查結果，來判斷羅倫斯所提出的交易是否為事實。
羅倫斯認為傑廉背後肯定有大商人在掌控全局。
而且，只要確定傑廉背後有大商人掌控，就一定有他猜測的計謀。這麼一來，米隆商行就可以輕易查出內幕了。
然而，有一個問題存在。
「來得及嗎？」
赫蘿在米隆商行開始進行傑廉身家調查的那天晚上，回到旅館後說道。
問題正如赫蘿所說，在於時間。就算羅倫斯的猜測完全正確，很有可能因為時機不對，而沒有機會獲取利益。不，相信多少還是可以獲取一些利益，只是這些利益可能無法促使米隆商行以商行的規模採取行動。這麼一來，只靠羅倫斯一人的力量就難以在這次的交易中創造利益。相反地，只要米隆商行迅速下決定，著手計劃的話，將可獲取無以估計的利益。

羅倫斯在傑廉背後看到的企圖，以及對付其內幕的企圖，都是以時間早晚決定勝負的交易。

「我想，應該來得及吧。就是認為來得及，所以才會去拜託米隆商行。」

靠著蠟燭微弱的光線，羅倫斯把從酒吧買來的葡萄酒倒入杯子裡。他看了看杯中的葡萄酒後，一口氣喝下一大半。赫蘿盤腿坐在床上，手上同樣拿著裝有葡萄酒的杯子，她喝完整杯的葡萄酒後看著羅倫斯說：

「那家商行真的那麼優秀啊？」

「想要在異鄉做生意成功，必須有非常靈敏的耳朵。好比商人們在酒吧裡的交談，或是顧客在市場裡的對話，如果沒有比身邊的對手收集到更多這一類情報，根本無法在異鄉擁有分行，更無法讓分行成長茁壯。在這方面，米隆商行做得十分徹底。要調查區區傑廉一名男子，對他們來說一點也不費事。」

羅倫斯一邊說，一邊被赫蘿催促倒酒給她，等羅倫斯說完時，赫蘿的杯子已經空了。赫蘿再度催促羅倫斯倒酒，她喝酒的速度之快令人咋舌。

「嗯……」

「怎麼了嗎？」

看著赫蘿雙眼無神地注視遠方，愛理不理的樣子，羅倫斯原以為赫蘿在思考些什麼，後來才發現原來赫蘿已經頗有醉意。她手上拿著酒杯，慢慢閉上雙眼。

「妳的酒量還真好。」

「酒的魅力太大……」

「嗯，畢竟這是挺不錯的酒。要是平常才不會喝這麼好的酒。」

「真的嗎？」

「沒錢的時候，喝的不是葡萄渣滓已經粘稠如泥的酒，就是沒加砂糖、蜂蜜或老薑，會苦到不能喝的酒。基本上，清澈可見杯底的葡萄酒就是奢侈品。」

聽到羅倫斯這麼說，赫蘿往杯子裡望了望，然後有氣無力地說：

「喔，咱還以為這是普通的酒。」

「哈哈，妳的身分高嘛。」

羅倫斯笑著說。赫蘿一聽到羅倫斯說的話，表情突然變得僵硬，她低頭把杯子放在地板上，隨即躺在床上縮起身子。

因為一切來得太突然，羅倫斯只能驚訝地注視著赫蘿的模樣。當下的氣氛看來，赫蘿不像因為想睡覺而躺在床上。

羅倫斯回想自己剛剛的言行，或許他說了什麼讓赫蘿不開心的話。

「怎麼了?」

羅倫斯想不出自己有什麼不妥的言行，於是開口詢問。赫蘿那尖尖的狼耳朵動也不動，看來她是十分生氣的樣子。

羅倫斯不知該如何繼續搭腔，他拚命動腦筋思考，最後終於想到了。他想到剛遇到赫蘿時交談過的話。

「妳該不會是因為我說妳的身分高，所以生氣吧?」

當羅倫斯要求赫蘿變身成狼給他看時，赫蘿曾說過不喜歡別人畏懼她的感覺。她還說過不喜歡被拱成高高在上的特別存在。

羅倫斯不禁想起一首吟遊詩人的詩。這首詩述說神之所以要求每年舉辦一次祭典，是因為祂太寂寞了。

「抱歉，我那麼說沒有特別的意思。」

然而，赫蘿還是動也不動。

「妳……嗯，該怎麼說呢，妳沒什麼特別……啊，不對。說妳是平民也不算。平凡嗎?這好像也不對……」

羅倫斯找不到適當的字眼來形容，這讓他更焦急、更不知所措。

不過是想說赫蘿並不特別，怎麼就是找不到適當的話呢?

就在羅倫斯反覆在腦海裡找尋適當的話語時，赫蘿的耳朵終於動了一下，隨即又傳來「呵」的笑聲。

赫蘿翻過身來並坐起身子，一副難以置信的表情對羅倫斯笑著說：

「汝這麼貧乏的語彙，雌性應該也懶得理汝唄！」

「呃！」

羅倫斯反射性想起他被大雪困住時，在投宿的旅館裡喜歡上的女子。當時羅倫斯慘遭女子無情的拒絕，而被拒絕的原因正如赫蘿所說，羅倫斯的語彙太貧乏了。

目光敏銳的狼立刻察覺到羅倫斯在想什麼，她一副難以置信的表情說了句「果然吶」。

「不過，咱也太小家子氣了，一時控制不住。」

聽到赫蘿接著說出道歉的話語，羅倫斯的態度也軟化下來，再說了次「抱歉」。

「可是，咱真的很不喜歡這樣。雖然一些上了歲數的狼當中，有些狼與咱的關係還不錯，可是總覺得中間還是有一條界線。咱也是不想再忍受這樣的關係，才會離開森林。如果要說離開的目的……」

赫蘿先把視線拉往遠處，又再把視線拉回自己的手上說：

「應該是尋找朋友唄。」

赫蘿說完後，自嘲似地笑了笑。

「找朋友啊？」

「嗯。」

羅倫斯本以為在赫蘿面前應該盡量少談到這個話題，但赫蘿回答的聲音顯得意外開朗，於是羅倫斯決定照自己的意思發問。

「那，找到了嗎？」

赫蘿沒有馬上回答，她有些靦腆地笑。

光看赫蘿的表情就可以知道答案了。想必赫蘿是想起朋友，才會展露笑容。

「……嗯。」

然而，看著赫蘿開心地點頭回答，羅倫斯卻覺得無趣。

「那傢伙是帕斯羅村的村民。」

「喔，是那個拜託妳照顧村裡的麥田的人嗎？」

「對。那傢伙雖然有些少根筋，不過是個極其開朗的人。那傢伙看到咱變身成狼，一點也不吃驚。要說那傢伙是怪人也算唄，不過，是個很好的人。」

這些話在羅倫斯的耳裡聽來，彷彿赫蘿在炫耀她的男友一樣，這不禁讓他皺起鼻頭。羅倫斯當然不想被赫蘿猜到他的感受，於是藉著喝酒來掩飾。

「那傢伙真的是少根筋，經常做出令人難以置信的事。」

赫蘿說話時的表情顯得開心，又因為談起往事顯得有些害羞。她抱著自己的尾巴，把玩上面的毛，視線早不在羅倫斯身上。

沉醉在回憶裡的赫蘿突然笑了出來，那笑聲彷彿孩子們彼此擁有相同秘密時會發出的聲音。赫蘿笑完，便躺在床上扭來扭去，然後縮起身子。

想必赫蘿是睏了，但在羅倫斯的眼裡看來，赫蘿的模樣像是故意要沉醉在回憶裡似的，讓他有種被遺棄的感覺。

不過，羅倫斯當然沒有因為這樣把赫蘿叫醒，他輕輕嘆口氣，舉起手中的杯子一口氣乾杯。

「朋友……啊。」

羅倫斯喃喃自語，他把杯子放在桌上，從椅子上站起來，走到赫蘿床邊為她蓋上棉被。

赫蘿的雙頰泛紅，毫無防備地睡著。羅倫斯看著赫蘿的睡臉差點入神，但為了怕模糊不清的思路變得更加模糊，他便像要甩掉什麼似的轉身朝自己的床鋪走去。

然而，等羅倫斯吹熄動物油製成的蠟燭，躺到床上時，一絲絲後悔的感覺湧上心頭。

後悔當初應該以不夠錢為理由，選擇只有一張床的房間。

羅倫斯心裡暗自嘀咕，隨後轉身背對赫蘿，深深嘆了口氣。

羅倫斯心想如果馬兒也在這裡的話，牠或許會對自己嘆氣似的甩頭吧。

「我們願意接受這次交易。」

米隆商行帕茲歐分行的列支敦・馬賀特行長以沉穩的口氣說道。從羅倫斯向米隆商行提出提議的那天算起，只過了兩天的時間。米隆商行的辦事效率果然高。

「那真是太榮幸了。不過，您說願意接受，是因為已經掌握到傑廉的背後關係了嗎？」

「他的背後靠山是梅迪歐商行。不用說也知道，梅迪歐是這個城鎮第二大規模的商行。」

「原來是梅迪歐商行。」

梅迪歐商行的總行設置在帕茲歐，同時還設有多家分行。梅迪歐商行以麥子為主的農作物交易量是帕茲歐第一，他們還擁有相當多艘貨船。

然而，羅倫斯心裡有個疑問。雖然梅迪歐商行確實是規模頗大的商行，但羅倫斯以為會是更大規模的商行在背後掌控。最大的交易對象甚至可以高達王室貴族。

「我們也認為梅迪歐商行的背後還有人。光靠梅迪歐商行的力量，應該不可能實現羅倫斯先生推測的計謀。因此，我們猜想梅迪歐商行的背後有貴族在掌控。只是，與梅迪歐商行往來的貴族不勝枚舉，目前我們仍無法鎖定是哪裡的貴族。不過，正如羅倫斯先生所說，不管對方是誰，只要搶先下手就有勝算。」

馬賀特的臉上浮出一抹笑容說道。馬賀特如此有自信的表現，相信來自他的後盾，也就是擁有羅倫斯難以想像雄厚財力的整體米隆商行。米隆商行總行的交易對象盡是王室貴族或大祭司。對於知道米隆商行擁有這般勢力的人來說，理應嚇得不敢提出這個交易。

然而，羅倫斯並沒有因此而卻步。交涉時，一旦表現出卑微或示弱的態度，就等於認輸了。無論在何種情況下，都必須表現出與對方地位同等的無懼態度。

因此，羅倫斯表現大方地和對方說：

「那麼，我們是否該談談如何分配利益了呢？」

無庸置疑地，這當然是一場擴大夢想版圖的交涉。

羅倫斯在米隆商行所有職員——除了行長之外——的送行下，帶著忍不住想哼歌的愉快心情離開商行。

羅倫斯要求米隆商行分配給他的利益，是米隆商行因貨幣買賣所獲取的利益的百分之五。這雖然只是米隆商行的利益的二十分之一，但足以讓羅倫斯笑得合不攏嘴。

如果米隆商行照羅倫斯的提議採取行動，他們所買賣的貨幣數量不會是一千或二千枚崔尼銀幣，而是二十萬或三十萬枚貨幣流通。如果粗估獲利是貨幣金額的一成，那麼羅倫斯能夠拿到的份，可能是一千枚以上的崔尼銀幣，而且這還是淨利。如果能夠超過二千枚的話，只要不求太

多，就足夠在某個城鎮擁有一間商店。

然而，與米隆商行真正想要得到的利益相比，利用貨幣買賣而得的利益只不過是附贈品。因為米隆商行是以商行規模採取行動，所以這些利益是根本微不足道的金額。

但是羅倫斯無福消受那種利益，因為這個利益過於龐大，根本塞不進羅倫斯的錢包裡。不過，只要米隆商行順利得到這個利益，羅倫斯就算作了一個莫大的人情給米隆商行。往後羅倫斯如果擁有自己的商店，相信這個人情可以為他帶來極大的利益。

也難怪羅倫斯會忍不住想哼歌了。

「汝心情很好吶。」

赫蘿走在羅倫斯旁邊，有些看不下去，終於忍不住說道。

「這種時候誰會心情不好啊？今天是我人生中最快樂的一天。」

羅倫斯誇張地張開手臂，他的心情正如張開的雙手，似乎能夠抓住任何東西。

事實上，羅倫斯夢寐以求的自家店面已經離自己不遠了。

「總之，一切似乎進行得很順利，恭喜吶……」

有別於羅倫斯的亢奮模樣，赫蘿毫不帶勁地說完後，用手摀住嘴巴。

沒什麼，赫蘿不過是宿醉而已。

「我不是跟妳說過了，不舒服就在旅館裡休息嗎？」

「如果讓汝一個人去，咱擔心汝會被對方吃了。」

「妳這什麼意思啊？」

「呵，就是這個意思……嗚嗯。」

「真是的……振作點，再撐一下。再往前一點有一家店，就在那裡休息一下吧！」

「……嗯。」

赫蘿在外套底下，以再虛弱不過的聲音回答，並點點頭，抓住羅倫斯伸出來攙扶她的手臂。雖然她是賢狼，但就算拍馬屁，也沒辦法說她懂得自我管理。即使羅倫斯再次無奈地說了「真是的」，赫蘿也沒有反駁。

羅倫斯與赫蘿走進了一間旅館附設的酒吧。雖說是酒吧，但其實是以提供簡餐為主的餐館。這種店從早到晚都有絡繹不絕的商人或旅人們光顧，有如他們的休息站。打開店門進到店內，狹窄的空間看來約有三成左右的客人。

「什麼都好，來一杯稀釋的果汁和兩人份麵包。」

「馬上來！」

儘管羅倫斯點餐的內容如此隨便，站在吧檯內的店老闆還是精神奕奕地點點頭，朝廚房的方向覆頌點餐內容。

羅倫斯一邊聽著店老闆的聲音，一邊帶領赫蘿往裡面的空位坐。

赫蘿現在的模樣與其說像隻狼，不如說像隻小貓，她一坐上椅子就立刻趴在桌上。可能從商行一路走到這裡，又讓宿醉的她頭暈了吧。

「妳的酒量應該不差。不過，昨天實在喝了不少。」

羅倫斯說完後，赫蘿在外套底下的耳朵雖然動了一下，但似乎沒有力氣把視線移向羅倫斯。

赫蘿趴在桌上側著臉，發出「嗯」的聲音，那聲音讓人無法分辨她是在嘆氣，還是呻吟。

「來了！蘋果汁還有兩人份麵包。」

「多少錢？」

「要先付啊？一共三十二路特。」

「好，請等等。」

羅倫斯打開綁在腰際上的零錢包翻找。就在羅倫斯忙著準備容易看錯成銅幣的黑色路特銀幣時，店老闆見到赫蘿的模樣，搖頭笑著說：

「宿醉啊？」

「喝了太多葡萄酒。」

「年輕時總會有這些失誤。不管是宿醉還是什麼都好，都逃不了要付出代價的時候。這裡就經常有年輕的旅行商人臉色慘白，搖搖晃晃地走出去。」

只要是旅行商人，難免都會有這樣的經驗。事實上，羅倫斯自己也有過幾次這樣的失誤。

「來！三十二路特。」

「嗯……金額沒錯。我看，兩位就在這裡休息一下吧。你們應該是走不到自己住的旅館，才進來的吧？」

羅倫斯點點頭，店老闆見狀「哇哈哈」大笑，往吧檯裡走去。

「喝點果汁吧，這果汁被稀釋得恰恰好。」

赫蘿聽到羅倫斯這麼說，慢吞吞抬起頭來。因為赫蘿的臉蛋長得標緻，即使露出痛苦的表情，依然很有魅力。如果懷茲看到了，肯定會放下工作來照料赫蘿吧。只要赫蘿給他一點微笑，他就會心滿意足。羅倫斯想到這兒不禁笑了出來。赫蘿雙眼無神地啜著果汁，露出不可思議的表情看著羅倫斯。

「呼……咱不曉得幾百多年沒宿醉過了。」

赫蘿將木杯裡的蘋果汁喝掉一半後，嘆了口氣。她看來似乎舒服多了。

「會宿醉的狼聽來好像有點沒出息。如果說熊會喝醉，總覺得可以理解。」

經常可以聽到熊拿走掛在屋簷上，裝滿葡萄的皮袋。為了製造葡萄酒，必須將葡萄裝在皮袋裡面掛著發酵，而發酵的葡萄會散發香甜的氣味。

甚至還有人類一路追捕拿走皮袋的熊，到森林後才發現熊已經醉倒的故事。

「最常和咱一起喝酒的，就是汝口中的熊。當然也有一起吃過人類的供品。」

熊和狼一起把酒言歡的畫面，簡直就是童話故事裡的世界。教會的人如果聽到了，不知會怎麼想呢？

「不過，不管宿醉多少次，就是不知道怕。」

「跟人類一樣。」

赫蘿看到羅倫斯笑著說，也跟著露出苦笑。

「對了……那個什麼著？咱記得有事要跟汝說……嗯……想不到。記得是挺重要的事……」

「如果是很重要的事，過不久後自然會想起來吧。」

「嗯……是嗎？嗯，是唄。不行……腦袋完全轉不動。」

赫蘿話一說完，又拖著身體倒在桌上。她嘆了口氣，閉上眼睛。

想必赫蘿今天一整天都會是這個模樣。幸好羅倫斯兩人沒有急著出發，不然就應證了店老闆剛剛說的話。畢竟坐在馬車上搖晃得很厲害。

「反正，剩下的就交給米隆商行處理吧，我們只要等待佳音到來就好了。妳放心躺著休息到康復吧。」

「嗚嗚……真沒面子。」

想必赫蘿是故意表現得很慚愧，不過從她的模樣看來，確實還是相當痛苦。

「看妳這樣子，今天一整天應該泡湯了吧？」

「嗯……雖然慚愧，但汝說得沒錯。」

赫蘿趴在桌上回答，然後睜開一邊的眼睛看著羅倫斯說：

「要辦什麼事嗎？」

「嗯？喔，我本來打算去了商行後要去買東西。」

「買東西啊？汝一個人去唄。咱在這裡休息一會兒，再自己回旅館。」

赫蘿緩慢地抬起頭坐正身子後，再度啜起沒喝完的蘋果汁。

「難道汝想要咱一起去？」

雖然赫蘿用已經成了慣例，就像打招呼一樣的捉弄語氣問道，但因為羅倫斯的本意即是如此，於是他直率地點點頭。

「搞什麼，一點也不好玩。」

因為羅倫斯表現得相當平靜，赫蘿感到無趣地稍稍嘟起下嘴唇。想必她一定以為羅倫斯會不知如何回答。看著赫蘿一臉覺得很難喝地啜著果汁，一邊敷衍地回答，就算是羅倫斯也能夠保持心情平靜。

羅倫斯伸手拿起麵包咬了一口，看著再度趴在桌上的赫蘿，露出苦笑。

「我本來打算買梳子還有帽子給妳，下次再去好了。」

這時，赫蘿在外套底下的狼耳朵動了一下。

「……汝有什麼企圖？」

赫蘿雙眼半睜，看著羅倫斯說道。她的眼神沒有絲毫可趁之機。

然而，羅倫斯同時聽到尾巴不安分的聲響。或許赫蘿並不是很懂得隱藏內心的想法。

「好傷人的話啊。」

「俗話說，當雄性叼著肉前來示好時，必須比自己的肉要被搶走時還要謹慎吶。」

聽到赫蘿可惡的發言，羅倫斯貼近赫蘿的臉，在她耳邊說：

「如果妳要表現得像隻謹慎的賢狼，至少得先管好不聽話的耳朵和尾巴吧！」

赫蘿慌張地用手壓住頭上的外套，然後輕輕「啊」了一聲。

「這樣就算報了上次的仇了。」

羅倫斯得意地說。赫蘿嘟起嘴巴，不甘心地瞪著羅倫斯。

「我覺得難得妳有一頭漂亮的長髮，帶把梳子在身邊會比較好吧。」

雖然好不容易報了一箭之仇讓羅倫斯覺得開心，但如果太得寸進尺的話，很有可能會遭到赫蘿反擊。

所以羅倫斯才會接著說出真心話。

然而，赫蘿一聽到羅倫斯說的話，突然一臉無趣地從鼻子呼了口氣，讓原本快要挺起的身子又癱在桌上。

「什麼嘛，是說頭髮啊。」

然後簡短地說道。

「妳不是只用麻繩紮起來，完全沒有梳頭髮嗎？」

「頭髮不重要啊。咱的確想要一把梳子，不過是給尾巴用的。」

赫蘿說完後，傳來唰唰唰的聲響。

「……嗯，既然妳這麼說，那就這樣吧。」

羅倫斯是真心認為赫蘿的滑順秀髮很漂亮，而且長髮本身也非常珍貴。這是因為除了能夠每天沖熱水呵護秀髮的貴族之外，普通人很難把頭髮留長。長而美麗的頭髮可說是高貴的象徵。

因此羅倫斯也像世上老百姓一樣，未能免俗地對女性美麗的長髮絲毫沒有抵抗力。然而，赫蘿儘管擁有一頭貴族都少有的美麗長髮，卻似乎對其價值全然無知。

赫蘿如果不是用外套把整個頭蓋住，而是戴上面紗來遮住狼耳朵，身上如果不是穿旅行商人的粗俗衣物，而是長袍的話，相信赫蘿一定能夠比美吟遊詩人的詩中出現的美麗修女。不過，羅倫斯當然沒膽告訴赫蘿這點。

如果說了出來，不知道會被赫蘿如何消遣。

「那，汝啊。」

「嗯？」

「什麼時候要去買梳子?」

赫蘿趴在桌上仰頭看著羅倫斯說道，她眼中散發出期待的光芒。

羅倫斯稍微低著頭，別無他意地反問說：

「妳不是不需要梳子嗎?」

「咱沒有說不要梳子。咱想要有梳子。可以的話，咱要梳齒比較密的。」

羅倫斯心想不梳頭買梳子也沒有用，尾巴的毛應該要用毛織品師傅在用的毛刷才對。

「我買把毛刷給妳好了，要不然我介紹好的毛織品師傅給妳如何?」

如果要處理皮草，當然是由內行人拿專用的道具來處理比較好。羅倫斯半認真半開玩笑地說完後，朝正注視著自己的赫蘿一看，不禁噤聲。

赫蘿一副咬牙切齒的模樣，彷彿下一刻就會衝上來咬人。

「汝……把咱的尾巴跟一般的皮草混為一談啊?」

赫蘿會用沒有抑揚頓挫的聲音沉穩地說，當然不是擔心談論尾巴的事情被四周的客人聽到。

雖然羅倫斯有些被赫蘿的氣勢懾住，但赫蘿的樣子看來仍然很不舒服。羅倫斯心想赫蘿一定無法做出多大反擊。

「咱……不會再忍了。」

果然沒錯，赫蘿的威脅話語不帶一點殺傷力。

羅倫斯心想赫蘿最後應該會假哭來對付他，於是他一邊喝著蘋果汁故作輕鬆樣，一邊用輕微的責備口吻說：

「妳打算一哭二鬧三上吊嗎？」

雖然這時赫蘿如果突然哭出來，羅倫斯應該會動搖，但羅倫斯當然沒有說出這種想法。

不知道赫蘿是被羅倫斯道中心聲，還是另有感觸，她稍微張開眼睛看了羅倫斯一眼，然後把臉轉向另一邊。

赫蘿如此孩子氣的舉動顯得意外可愛，羅倫斯一邊輕輕笑著，一邊想如果赫蘿平時也是這樣就好了。

赫蘿沉默了一陣子後，小聲說：

「……忍不住了，好想吐。」

羅倫斯聽了急忙從椅子上站起來，差點翻倒沒喝完的果汁，他大聲叫店老闆拿桶子來。

當夕陽西落，木窗外的街道已好一會兒不再喧嚷後，羅倫斯終於從書桌上抬起頭來。他手上握著羽毛筆，舉高雙手伸了個大大的懶腰。背脊發出喀喀聲響，舒服極了。羅倫斯接著使勁左右扭動脖子，而脖子也不甘示弱地發出清脆的聲音。

羅倫斯再度把視線拉回書桌上，桌面的紙張畫著結構雖然簡素，但頗有規模的商店構圖。構圖旁清楚寫著商店位在什麼城鎮、交易的品項，以及如何拓展生意的綿密計畫。另外還寫著從架構一間商店所需的費用，到申請該城鎮市民權等，從各種不同角度預估的費用，並加以概算。

這是羅倫斯的夢想，是他擁有自己商店的開店計畫。

這個夢想在一星期前仍是個遙不可及的美夢，但經過與米隆商行的這次交易，讓夢想與現實的距離拉近了。如果真能有二千枚崔尼銀幣的收入，只要再變賣一些算是儲蓄的裝飾品或寶石，就可以擁有一間商店。這麼一來，羅倫斯就不再是旅行商人，而是住在城裡的商人羅倫斯了。

「嗯……什麼聲音……」

就在羅倫斯看著自己描繪的商店構圖入迷時，赫蘿不知何時已從床上坐起身子。雖然她還滿臉睡意地揉著眼睛，不過看來已好很多了。赫蘿反覆眨了幾次眼睛看看羅倫斯，然後慢吞吞地爬下床。雖然她的眼睛看來有些紅腫，但氣色還不錯。

「感覺怎麼樣？」

「嗯，好多了。不過，肚子有點餓。」

「有食慾就表示沒問題了。」

羅倫斯笑著說，並告訴赫蘿桌上有麵包。那是用黑麥做成的黑麵包。它又硬又苦，是等級最差的便宜貨，不過羅倫斯卻因為喜歡它的苦澀味而經常買來吃。

不出所料，赫蘿咬了一口後，便抱怨起麵包難吃，但因為沒有其他食物可吃，也只能認了。

「有沒有喝的……」

「那兒不是有水壺嗎？」

赫蘿朝放在麵包旁邊的水壺裡頭望了望，然後一邊喝水配麵包，一邊貼近羅倫斯。

「……這是店面構圖？」

「是我的店。」

「喔，畫得不錯。」

赫蘿頻頻看著圖說道，然後繼續吃麵包。

在異國遇到語言不通時，羅倫斯偶爾會以畫圖來進行交易。他常會記不起想買的商品單字，也不是每次都能夠找到翻譯的人。所以旅行商人大多擅長畫圖，而每次有大筆獲利時，羅倫斯總會動手畫出商店的構圖。這比喝酒還要令他心曠神怡。

雖然羅倫斯對自己畫圖的技巧本來就相當有自信，但被人褒獎還是令他開心。

「這些文字是什麼？」

「喔，那是商店的開店計畫，還有費用什麼的。當然了，實際狀況不可能照這樣走就是了。」

「是麼。汝也有畫城鎮的圖，這是哪裡的城鎮？」

「這不是現實世界裡的城鎮，這是我想要開店的理想城鎮。」

「喔。不過，畫得這麼詳細，汝打算最近開店啊？」
「和米隆商行的交易如果順利的話，應該就可以開店。」
「喔……」
赫蘿一副不太感興趣的樣子點點頭，把剩下的麵包放進她小小的嘴裡，隨即往桌子的方向走去。這時傳來咕嚕咕嚕的聲音，想必是赫蘿在喝水吧。
「擁有自己的店面是每個旅行商人的夢想，當然我也不例外。」
「呵，這咱懂。汝甚至還畫出理想的城鎮，想必畫了不少次唄。」
「因為我覺得只要畫出來，總有一天就會是我的。」
「咱好久以前遇過的畫家也曾說過同樣的話。那畫家說想要畫下眼前的景色，然後全部納為己有。」
赫蘿吃著第二片麵包，並在床角坐了下來。
「想必那畫家的夢想至今都還沒實現唄。不過，汝距離夢想成真的日子卻是不遠吶。」
「沒錯。只要想到這個，就覺得坐立難安。我甚至恨不得跑一趟米隆商行，去打每個人的屁股一頓。」
雖然說得有些誇張，但這確實是羅倫斯的真心話。可能是因為這樣，所以赫蘿並沒有嘲笑他，只是笑著說了句：「希望汝的夢想成真吶。」

「話說回來，擁有商店就真的好嗎？行商不是也挺賺錢的？」

「只是能賺錢而已。」

赫蘿微微歪頭。

「除了賺錢還有啥？」

「大部分的旅行商人在行商時，都會遊走二十到三十個城鎮。這是因為旅行商人就算留在一個城鎮裡，賺的錢也不會變多。因此，幾乎一整年的時間都得坐在馬車上。」

羅倫斯伸手拿起書桌上的杯子，把剩下的一些葡萄酒喝光。

「這樣的生活根本沒法交到什麼朋友，頂多認識交易的對象。」

聽了羅倫斯的說明，赫蘿像是突然察覺到什麼，隨即又像自知問了不該問的問題似地，露出尷尬的表情。

赫蘿果然是個本性善良的傢伙。羅倫斯為了讓赫蘿不那麼在意，所以故意用開玩笑的口吻繼續說道：

「只要開了店，我就是城裡的一分子。這樣就交得到朋友，要找老婆也比較容易。還有，最重要的是先找好墓地，就能夠比較安心。至於能不能找到願意和我一起進墳墓的老婆……就得靠運氣了。」

赫蘿輕聲笑了出來。

旅行商人會把前往新城鎮挖掘值錢的商品說成「找老婆」，這句話也包含了不容易找到好東西的意思。

事實上，就算在城鎮裡開店，也不可能一下子就與城鎮的居民熟絡起來。

儘管如此，能夠長久居住在一塊土地上，仍是旅行商人的夢想。

「不過，汝如果真能擁有自己的店，對咱來說有些困擾。」

「嗯？為什麼？」

羅倫斯回過頭來說，他看見赫蘿臉上的笑容雖然還沒完全消失，但神色卻顯得有些黯然。

「汝如果開了自己的店，就不會離開那間店了唄。這樣咱不是得自己一個人旅行，就是得找到新的同伴。」

羅倫斯想起赫蘿說過想要先到處看看這個世界，再回到北方。

不過，赫蘿這麼聰明，手上還有賣貂皮時賺到的錢，她一個人應該也不會有問題。

「妳一個人旅行也沒問題吧？」

於是羅倫斯別無他意地說道。然而，赫蘿卻意外受到這句話打擊，她咬著麵包稍稍低下頭。

然後小聲地說：

「咱不想再一個人了。」

赫蘿說道，還一邊搖晃她搆不到地板的雙腳，那模樣看來相當孩子氣。坐在床上的赫蘿剎那間變得好小好小，甚至快被蠟燭的光線完全吞噬。
羅倫斯想起赫蘿回想著好幾百年前的友人時，是那麼地愉快，那麼地開心。
赫蘿會懷念以前的友人，就代表她現在很寂寞。現在想起那時赫蘿縮起身子沉醉在回憶裡的模樣，似乎是為了躲避寂寞的風雨而縮起身子。
羅倫斯看著他很少有機會看到別人露出來的脆弱模樣，內心感到有些動搖，他謹慎尋找不會傷人的字眼開口說：
「那、那個，我是可以陪妳到妳回北方之前。」
雖然羅倫斯會這麼說是因為別無選擇，但赫蘿聽了卻露出「真的嗎？」的眼神，低著頭，朝上看著羅倫斯。羅倫斯一邊掩飾比洽談大筆交易時還要激動的情緒，一邊用輕鬆的口吻說：
「就算錢進來了，也不可能馬上開店。」
「真的嗎？」
「我沒必要說謊吧。」
羅倫斯不禁苦笑著說，赫蘿也隨之笑了。不過，赫蘿露出的是寬心的笑容。雖然嘴上笑著，但赫蘿垂下眼簾的模樣卻流露出寂寞的感覺。雖然有些不合時宜，不過羅倫斯還是不禁心想：原來赫蘿的睫毛這麼長。
「所以，就是，妳別這種臉嘛。」

如果是住在城裡的商人，應該可以講些更好聽的話；但很遺憾地，羅倫斯是被迫過著不近女色生活的旅行商人。儘管如此，羅倫斯還是勉強說出這樣的話。赫蘿聽了稍微抬高視線露出微笑，然後點了點頭說「嗯。」

看到赫蘿如此溫馴的模樣，再加上她的身材嬌小，這一切讓赫蘿的模樣看來顯得非常虛幻。原本威風挺立著的狼耳下垂，無所事事地動著，傲人的尾巴也顯得不安地縮在身旁。

沉默緊接著降臨。

羅倫斯無法把視線從赫蘿身上移開，而赫蘿似乎不敢看羅倫斯。

只有一次，赫蘿看了羅倫斯一眼，又隨即低下頭。這眼神似乎在哪裡見過。羅倫斯試著回憶一下，沒多久就想起來了。那是抵達帕茲歐不久，赫蘿討蘋果吃時的眼神。

那個時候是蘋果，那現在赫蘿想要的是什麼呢？

對商人來說，察覺對方想要什麼是必須具備的技能。

羅倫斯深呼吸一次後，從椅子上站起來。赫蘿可能是有些被聲音嚇到，她豎起耳朵及尾巴，往羅倫斯的方向一看，卻發現羅倫斯正往自己靠近，便急忙移開視線。

等羅倫斯站到赫蘿的面前時，赫蘿稍稍把手伸向羅倫斯。

那動作顯得戰戰兢兢，提心吊膽的樣子。

「妳的眼睛會紅腫是因為作了什麼夢，在夢裡哭泣嗎？」

羅倫斯握住赫蘿的手，在她的身旁坐了下來。羅倫斯把赫蘿拉近自己，並輕輕抱住她。

赫蘿安靜地任由羅倫斯擁抱她，並在羅倫斯的懷裡輕輕點點頭。

「咱……」

「嗯？」

「咱醒來……咱一醒過來……大家都不見了。悠椰、英堤、巴羅還有繆里通通都不見了，到處都找不到。」

赫蘿應該是在說夢裡的事吧。耳中傳來赫蘿啜泣的聲音，羅倫斯輕輕撫摸赫蘿小小的頭。剛剛那些名字或許是赫蘿的狼同伴名字，也可能是狼神的名字。不過，在這種時候，就算是羅倫斯也不會不解風情地向赫蘿詢問。

「咱啊，咱可以活好幾百年，所以咱才會出來旅行。因為咱覺得一定啊，一定還見得到面。可是……都不見了，大家都不見了。」

赫蘿牢牢抓住衣服的手微微顫動著，換成羅倫斯也不願意作這樣的夢。

羅倫斯偶爾會夢見一回到故鄉，結果發現沒有人記得他。

事實上，經常聽說有商人離鄉行商過了二、三十年後，再回到故鄉時，發現整座村落都消失的故事。村落消失的原因有很多，有些是因為村落遭到戰火波及而燒毀，有些是所有村民因為疾病或飢荒死亡。

所以，旅行商人才會夢想擁有商店。
藉由擁有商店讓自己擁有故鄉，也讓自己擁有容身之處。
「咱不想再碰到醒過來時，都見不到人的狀況了……咱受夠孤獨了。孤獨好冷。孤獨……好讓人寂寞。」
聽著赫蘿真情流露的話語，羅倫斯沒有回應，只是抱著赫蘿，輕輕撫摸她的頭。赫蘿現在的情緒如此不穩，不管說什麼都聽不進去吧。再說，羅倫斯也不認為自己能夠說出適當的話。
羅倫斯也曾經在馬車的駕座上，或是到第一次拜訪的城鎮時，被如急風般的寂寞感襲擊。這種時候不管做什麼都沒用，聽什麼也沒用。只能緊緊抓住某樣東西，等待這陣急風吹過。
「嗚……」
羅倫斯就這樣抱著赫蘿好一會兒，或許是情感的起伏已逐漸穩定，赫蘿鬆開抓住羅倫斯衣服的手，稍微抬起頭。
羅倫斯配合赫蘿的動作慢慢鬆開手臂，赫蘿一邊發出抽嗒鼻頭的聲音，一邊站起身子。
「……抱歉。」
赫蘿紅著眼睛及鼻子說道，她的聲音聽來已平靜許多。
「旅行商人也會作同樣的惡夢。」
聽到羅倫斯這麼說，赫蘿靦腆地笑了笑，吸了一下鼻子。

「真是，弄得滿臉黏答答的，等一下。」

羅倫斯站起來，把放在書桌上的紙張遞向赫蘿。他心想紙上的繪圖及文字都已經乾了，拿來擤鼻涕應該沒問題吧。

「唔……可是，這個……」

「我每次都畫了就丟。而且那筆交易都還沒完成，如意算盤也打太早了點。」

羅倫斯笑著說道，赫蘿也跟著笑，並收下紙張。赫蘿接著用力擤了鼻涕，並擦擦眼角，看來似乎舒坦許多。她嘆了口氣，深呼吸一次，然後再次害羞地笑笑。

看到赫蘿這個模樣，羅倫斯忍不住又想要抱住她，但還是忍住了。因為赫蘿已經恢復平常的樣子，要是羅倫斯真那麼做，恐怕會被白眼。

「咱欠汝一個大人情吶。」

不知是否是因為看出羅倫斯的思緒，赫蘿一邊這麼說，一邊撿起被捏得粉碎的麵包吃。

羅倫斯因為沒被道出心聲，稍顯放心地注視著赫蘿的舉動。赫蘿隨隨便便吃完麵包，輕輕拍拍手，然後打了個呵欠。她可能是因為剛剛哭過，所以感到疲累吧。

「咱還覺得睏，汝不睡嗎？」

「嗯，該睡覺了。不睡覺的話，太浪費蠟燭了。」

「呵，果然是個商人。」

赫蘿盤腿坐在床上笑笑，直接躺了下來。羅倫斯看到赫蘿躺下後，便把蠟燭吹熄。

黑暗瞬間降臨。因為眼睛已習慣光線，所以四周真的是一片漆黑。雖然今晚的夜空晴朗，似乎看得見星辰，但仍看不見從木窗縫隙射進來的微弱光線。羅倫斯沒耐心等眼睛適應黑暗，他伸手在黑暗中摸索，朝著自己的床鋪走去。羅倫斯的床鋪在房間最裡面的木窗底下，他一邊小心不要碰到赫蘿的床鋪，一邊走著。

終於走到自己的床鋪時，羅倫斯先確認床角的位置之後，才慢慢躺下。羅倫斯從前曾經因為隨便亂躺，結果不小心撞到床角而受傷。自從那次之後，他就變得特別謹慎。

然而，再怎麼謹慎也不可能發現那個。

羅倫斯打算躺在床上時，發現有人已經先躺在那裡了。

「做……什麼？」

「別不解風情。」

赫蘿有些生氣的口吻聽來異樣地嬌媚。

羅倫斯任由身子被拉倒後，赫蘿的身體緊貼著他。

有別於剛剛抱住赫蘿時的虛幻感，現在的感覺非常實在，並且有著女孩身體特有的柔軟。

羅倫斯無法控制自己的情緒再次高漲。羅倫斯也是個正常男人，當他察覺時，早已緊緊抱住赫蘿的身體。

「好難過。」

聽到赫蘿譴責的聲音，羅倫斯才回過神來，他稍稍鬆開手臂的力量，但完全沒有要放開的意思。不過，赫蘿也沒有要掙脫的意思。

相反地，赫蘿還貼近羅倫斯耳邊，輕聲細語地說：

「汝的眼睛適應了沒？」

「什麼……」

羅倫斯原本要說：「什麼意思？」但說到一半時卻被赫蘿纖細的手指抵住嘴巴。

「咱總算想起來要跟汝說什麼了，可是……」

聽到赫蘿輕聲細語說的話，讓羅倫斯感到心癢難耐。雖然心癢，但卻沒有男女親密對話的甜蜜感，那是因為赫蘿的語氣不比尋常。

事實上，赫蘿說的話根本不是男女親密的對話。

「有些遲了，門外有三個人。想必是不速之客唄。」

羅倫斯這時才發現赫蘿早已套上外套。赫蘿接著一陣摸索之後，羅倫斯平時帶在身上的物品就出現在他的胸上。

「這裡是二樓，幸好外面沒有人。汝有沒有心理準備了？」

羅倫斯的情緒因不同的原因再次高漲，赫蘿緩慢地坐起身子。羅倫斯刻意蓋著棉被，穿好上衣並套上外套。就在羅倫斯把銀劍配在腰際上時，赫蘿為了讓聲音傳到門外，故意大聲說：

「汝就著月光，好好看看咱的身體唄。」

赫蘿一說完，就傳來推開木窗的聲音。赫蘿的腳踏上窗框，毫不遲疑地往下跳。

羅倫斯也急忙站起身子，把腳踏在窗框上。羅倫斯之所以能夠沒多遲疑就往下跳，是因為他聽到有人企圖急忙撬開房門的聲音，以及快跑而去的腳步聲。

一陣輕飄飄，浮在半空中的厭惡感之後，緊接著腳底觸碰到堅硬的地面。

羅倫斯無法站穩身子，像隻青蛙一樣跳了起來，結果他的身體慘不忍睹地倒栽摔倒在地面。

雖然沒有扭傷腳算是幸運，但他的模樣卻讓赫蘿大笑不已。雖然被恥笑，不過赫蘿馬上就伸出手攙扶羅倫斯。

「準備快跑，不得不放棄馬車了。」

羅倫斯聽到赫蘿這麼說，露出吃驚的表情往馬廄方向看去。羅倫斯心想那是匹便宜又健壯的馬兒，最重要的是那匹馬兒是他第一次買下的。

想到這兒，羅倫斯不禁想往馬廄的方向跑去，但腦袋裡冷靜的一面制止了他。很明顯地，赫蘿說的話才是正確的選擇。

羅倫斯緊緊咬住牙根，讓自己不衝動。

「那些傢伙就算殺了馬兒也沒有任何好處，等平靜後再回來牽馬兒不就得了。」

赫蘿應該是不忍心羅倫斯如此焦急才這麼說，但羅倫斯現在也只能如此祈禱了。羅倫斯點點頭深呼吸一次，然後握住赫蘿伸出的手，站了起來。

「啊，對了。」

羅倫斯站起身子後，赫蘿取下掛在脖子上的皮袋，隨意解開綁住袋口的繩子，取出一半的內容物。

「以防萬一，汝也帶一些唄。」

沒等羅倫斯回答，赫蘿就把隨意取出的東西塞進羅倫斯胸前的口袋。

羅倫斯感覺口袋裡放了帶有熱度的東西，或許那是赫蘿的體溫。

畢竟這些是赫蘿寄宿其中的麥子。

「好啦，快跑唄。」

看到赫蘿像是對信任的友人笑著說話的模樣，羅倫斯雖然張開嘴巴想要說些什麼，但最後還是靜靜地點點頭，與赫蘿往夜裡的城鎮跑去。

「咱想要跟汝說的就是這回事。那家商行如果能夠調查那名年輕人，反過來也一樣唄？對方勢必會有所警戒。對方如果知道咱們向商行請求協助，照理說都會設法滅口，是唄？」

雖然只有月光照射，但因為在石塊鋪成的道路上奔跑，還是足以看清楚路面。兩人在完全不見人影的道路上奔跑，半路上轉進右邊的一條小巷子。

一片黑暗中，羅倫斯幾乎看不見路面，但因為赫蘿拉著他的手不斷往前進，所以儘管羅倫斯不斷絆到，還是勉強地跟在赫蘿後頭。

當兩人跑了將近一個區段時，看到數名男子一邊叫喊，一邊跑過兩人後方的道路。羅倫斯聽到一些男子們叫喊的單字，他們喊著「米隆商行」。

他們似乎也知道羅倫斯兩人只能到米隆商行求救。

「糟糕，咱不認得路。」

赫蘿拉著羅倫斯的手不斷往前跑，到了三叉路口中央時嘀咕著。羅倫斯抬起頭確認月亮的位置及曆法，並在他的腦海裡描繪出帕茲歐的地圖。

「這邊。」

羅倫斯兩人開始往西邊跑去，帕茲歐是這一帶地區裡具有歷史的老鎮。這裡不斷增設建築物，道路像痛苦得在地上打滾的蛇一樣蜿蜒扭曲。不過，帕茲歐畢竟是羅倫斯來過好幾次的城鎮。兩人時而走到大街道確認位置後再回到小巷子，不斷重複著這樣的動作後，便越來越接近米隆商行。

然而，對方似乎沒那麼容易擺脫。

「停，有人看守。」

只要在這個轉角右轉，直直前進到路底的大路再左轉，往前過了四個區段就可以看到米隆商行。規模這麼大的商行，應該至少會有負責搬運貨物的卸貨工在商行裡。只要衝進商行，暴徒們就無法下手。在商業城市裡，商店的招牌能夠讓人聯想到的財力越是雄厚，就越具警衛的效果。

「嘖，還差一步就到了。」

「呵呵。雖然咱很久沒有狩獵了，不過，咱倒是頭一次被狩獵。」

「現在不是說風涼話的時候吧！沒辦法，只好繞遠路了。」

羅倫斯折回原路，並在途中右轉。他打算先進到另一個區段的小巷子，繞一段遠路後再往米隆商行的方向前進。

然而，羅倫斯右轉後卻停下腳步。

那是因為赫蘿拉住羅倫斯的衣服，把他壓在牆上。

「看到人沒？應該就在這附近！給我找出來！」

自從在森林裡遭到狼的襲擊後，羅倫斯就不曾有過這樣膽顫心驚的感覺。兩名男子怒氣沖沖地從距離不遠的小巷子狂奔而過。如果沒有停下腳步，勢必會與對方撞個正著。

「媽的，對方派出來的人數眾多，而且對地形也十分熟悉。」

「嗯……目前的局勢不妙吶。」

赫蘿脫去外套露出狼耳朵，一邊不停轉向，一邊說道。

「要不兵分兩路？」

「汝的主意不錯。不過，咱也有一些想法。」

「比如說？」

遠處傳來一陣倉促的腳步聲，想必每條大街道上都有人看守。對方應該是打算等羅倫斯兩人從小巷子出現時，再行進逼吧。

「咱會盡可能在大街道上奔跑好拖延時間，汝就趁這段時間──」

「等一下！這怎麼可以！」

「汝聽好，貿然兵分兩路會被捉到的人是汝。咱一個人不會被捉到，但汝會。到時候誰去跟那家商行的人求救？難不成要咱露出耳朵及尾巴求人救汝嗎？不可能唄？」

羅倫斯無法反駁。他已經把這次將降低含銀量的銀幣種類告訴米隆商行，說不定米隆商行會棄羅倫斯兩人於不顧。到時候羅倫斯兩人只能拿自己當王牌，也就是以背叛投敵威脅米隆商行。

而且，只有羅倫斯能夠交涉這些事情。

「可是，不管怎麼樣都不行啊。如果米隆商行發現妳的耳朵及尾巴，有可能會把妳帶去教會，梅迪歐商行當然也一樣。」

「不要被捉到就好，是唄？就算被捉到，咱要藏起耳朵及尾巴一天應該沒問題。汝記得要在這時間內來救咱。」

或許赫蘿相當有把握，她對一心想要阻止的羅倫斯笑著說：

「咱是賢狼赫蘿吶。就算耳朵及尾巴被發現，只要假裝成發狂的狼，就沒有人敢碰咱。」

赫蘿笑笑，露出她的尖牙。

然而，羅倫斯的腦海裡卻浮現赫蘿說著一個人太寂寞而哭泣的模樣，他抱住赫蘿的感覺再度湧現。赫蘿的身軀是那麼瘦小、那麼虛幻。他無法想像自己會把赫蘿交給那些拿人錢財為人辦事的無賴。

儘管如此，赫蘿卻還是露出笑容繼續說：

「汝的夢想不是要擁有自己的店嗎？而且咱剛剛才說過欠汝一個大人情，汝想要讓咱變成無情無義的狼嗎？」

「說什麼傻話！一旦被捉到，他們肯定會殺了妳。這太不划算了，這樣會變成我欠妳一個永遠還不清的人情。」

羅倫斯壓低聲音怒罵著，相對的赫蘿卻露出淺淺的微笑搖搖頭。她用她那纖細的食指輕輕戳戳羅倫斯的胸膛說：

「孤獨可是要人命吶，這划算極了。」

羅倫斯看到赫蘿像是表示感謝的沉穩笑容，什麼話也說不出來。

趁羅倫斯沉默的空隙，赫蘿繼續說：

「別擔心，汝腦筋轉得快這點，咱敢掛保證。咱相信汝的機智，汝一定會來救咱。」

赫蘿說完話後，輕輕擁抱說不出半句話來的羅倫斯一下，隨即躲開羅倫斯想要抱住她的手臂跑出去。

「看到了！在洛依大道上！」

赫蘿從小巷子跑出去後，馬上就聽到叫喊聲，腳步聲也逐漸變遠。

羅倫斯緊緊閉上眼睛一下，又猛地用力睜開眼睛使勁奔跑。他覺得自己如果錯過這個機會，就再也見不到赫蘿了。羅倫斯快跑穿過漆黑的小巷子，儘管被絆倒好幾次，他仍然不斷向前奔跑。他穿越大街道，跑入另一個區段的小巷子，再往西邊前進。此時仍然聽得見喧鬧的聲音，不過照理說對方也不能大肆喧鬧太久。因為如果被城裡的治安隊察覺到有騷動，對方可就麻煩了。

羅倫斯死命奔跑，他再度飛奔過大街道，直接穿越到另一個區段的小巷子。只要在途中某處右轉一次，再遇到大街道時左轉就能夠抵達米隆商行。

「只捉到一個？他們應該有兩個人！」

聲音從羅倫斯的斜後方傳來。難道赫蘿被捉到了嗎？還是她順利逃脫了呢？赫蘿如果就這麼逃走，那也無所謂。不，希望赫蘿真的可以逃走。

羅倫斯衝進籠罩在月光下的大街道，沒確認左右方就直接左轉。他左轉後，沒多久就聽見後方傳來「找到了！」的聲音。

羅倫斯不理會那些聲音，他使出全力向前跑，一跑到米隆商行前，羅倫斯用盡全身力量拍打卸貨場的柵欄喊叫：

「我是中午來過的羅倫斯！救命！有人追殺我！」

值班的男子們聽見騷動驚醒過來，急忙趕過來取下鐵鎖，把柵欄拉開。

羅倫斯迅速鑽進柵欄內，手上拿著木棍的男子們隨即追了上來。

「等一下！喂，把那名男子交出來！」

說話的男子用棒子敲打眼前鎖上的柵欄，並抓住柵欄，企圖用蠻力拉開。

不過，另一邊壓住柵欄的也是專做勞力工作的卸貨工，要拉開柵欄沒那麼容易。

一名留有鬍子，稍稍上了年紀的男子從裡面走出來，他對柵欄外大喝：

「混帳！你們以為這裡是什麼地方！這裡可是拉翁迪爾公國三十三世，拉翁迪爾大公公認之大米隆侯爵，所經營的米隆商行帕茲歐分行！這個柵欄是米隆侯爵的所有物，在這塊建地裡的人就是米隆侯爵的客人！還有，米隆侯爵的客人在拉翁迪爾大公的庇護下是受到保護的！你們最好記住，用那根棒子敲打這裡的東西，就等於敲打大公陛下的王座！」

男子氣勢十足的說話態度令柵欄另一邊的男子們畏怯，遠處同時傳來治安隊的警笛聲。

柵欄另一邊的男子們似乎察覺不能再逗留，隨即轉身逃跑而去。

柵欄內的每個人維持不動的姿勢好一會兒，等到腳步聲消失，警笛聲也越離越遠了之後，說話氣勢十足的老卸貨工最先開口說：

「大半夜的，這麼大騷動到底是怎麼回事？」

「很抱歉造成如此騷動，幸得相救真是感激不盡。」

「要道謝去向遠方的大米隆侯爵道謝吧。比起這個，那些傢伙究竟是什麼來頭？」

「他們應該是梅迪歐商行的人，想必是看不順眼我向貴商行提出的交易吧。」

「原來如此，你也真是個敢冒險的商人。最近很少有像你這樣的人了。」

羅倫斯擦去佈滿整個額頭的汗水，笑著回答說：

「誰叫我的夥伴是個不顧後果的冒失鬼呢。」

「那可真傷腦筋。」

「可是，雖然不願意去想，但我的夥伴可能被捉了。能不能與馬賀特行長取得聯繫呢？」

「我們可是來自異國的商行，遭到攻擊或被縱火是稀鬆平常的事。老早就通知行長了。」

老卸貨工笑著說，他的笑聲讓人感到無比安心。

然而，正因為如此，更讓人明白掌管這家分行的行長有多難應付。

究竟有沒有辦法讓他答應保護我們的安全呢？

不安的情緒在羅倫斯的心底打轉，但他立刻又改變想法。非得讓他答應不可。不僅如此，還得要確保利益到手。

這是羅倫斯身為旅行商人的執著，以及赫蘿為他鋌而走險的回報。

羅倫斯深呼吸後，點點頭。

「不妨到裡頭等行長吧。葡萄酒也是要經過等待，才能釀成好酒。」

雖然老卸貨工這麼說，但羅倫斯一想到赫蘿就無法靜下心來。

老卸貨工似乎見慣了這種事態，他用沉穩的口吻對羅倫斯說：

「不管怎樣，你的夥伴如果平安無事，就會到這裡來吧？只要告訴我們他的名字及長相，就算是被教會追殺，我們也能夠保護他。」

老卸貨工的說詞雖然誇張，但拜他所賜，羅倫斯總算冷靜不少。

「謝謝。她應該……不，她一定會來的！她的名字是赫蘿，是個頭上套著外套，身材嬌小的女孩。」

「喔，是女孩啊？漂亮嗎？」

因為明白老卸貨工是為了放鬆羅倫斯的心情故意這麼問，所以羅倫斯笑著回答他說：

「十個人當中有十個人會回頭看她。」

「哈哈哈，這真是令人期待啊。」

老卸貨工一邊大笑說著，一邊引領羅倫斯走進商行。

「十之八九是梅迪歐商行的人吧。」

馬賀特行長切入話題，他的模樣與白天沒什麼兩樣，想必是剛入睡沒多久就被吵醒。

「我也這麼認為。應該是因為我識破銀幣的計謀，以及邀請貴商行一同對付這個計謀的事情被察覺了吧。我想梅迪歐商行是想要阻止我們。」

雖然羅倫斯並不願意被看出驚慌的模樣，但一邊說話的他還是無法不擔心赫蘿。雖然羅倫斯覺得聰明的赫蘿應該已順利逃脫，但凡事總要有最壞的打算。不管怎麼說，也必須早一刻確保住羅倫斯自身與赫蘿的安全。

為了確保安全，就必須爭取米隆商行協助。

「我的夥伴可能已經被捉住。如果真是如此的話，就算與對方講道理，不用說也知道行不通。可否借助貴商行的力量救出我的夥伴呢？」

羅倫斯激動地說，他整個人都快要探出桌面了。然而，馬賀特的視線卻沒有轉向羅倫斯，他一副沉思的模樣。

馬賀特緩緩抬起視線說：

「你是說你的夥伴可能被捉住了？」

「是的。」

「原來如此。發現騷動狀況後，我們商行的人有尾隨對方之後。其中有人目擊到年輕女孩被強行帶走的景象。」

雖然羅倫斯早已預料到馬賀特可能會這麼說，但實際聽到後所帶來的衝擊，仍然有如心臟被緊緊揪住般讓他震驚不已。

然而，羅倫斯立即把心中的衝擊連同空氣用力吸進肚子裡，他在吐氣時開口說：

「那應該是我的夥伴赫蘿。為了讓我順利來到這裡，她故意引開敵人……」

「原來如此。可是，他們為什麼要捉你的夥伴呢？」

這一刻，羅倫斯強忍住不讓自己大聲怒吼，他從喉嚨勉強擠出話來。像馬賀特這種程度的人物，不可能思考不出原因。

「我想那是因為梅迪歐商行，想阻止我們與貴商行聯手破壞他們的好事。」

即使聽見了羅倫斯近乎低吼的聲音，馬賀特依舊不改表情，他輕輕點頭後，把視線落在桌上陷入沉思，一旁焦急的羅倫斯不停地抖腳。就在羅倫斯差點按捺不住，想要站起來大吼時，馬賀特開口說：

「這不是有些奇怪嗎？」

「有哪裡奇怪！」

羅倫斯猛力站起來，讓馬賀特不禁眨眨眼睛，但立即又恢復冷靜的表情，伸手制止一副要向前撲來的羅倫斯說：

「請您冷靜。有點奇怪，真的很奇怪。」

「為什麼！就像貴商行能夠輕易查出傑廉的背後關係一樣，梅迪歐商行如果察覺你們想要妨礙他們，當然也能夠輕易查出是誰造成這個原因，不是嗎？」

「……確實，因為這裡是他們的大本營，所以辦得到……」

「那這樣是哪裡奇怪了呢？」

「是的，我懂了，這明顯很奇怪。」

馬賀特直視羅倫斯說道，就算羅倫斯再焦急，也不得不繼續聽他說話。

「我在想，究竟對方是如何知道羅倫斯先生與本商行聯手合作的。」

「那是因為我經常到訪這裡的緣故吧。還有，他們或許也發現貴商行恰巧在這時開始收集崔尼銀幣了。只要把這兩件事情湊在一起，就很容易猜測得到。」

「這非常奇怪。因為羅倫斯先生您是旅行商人，您多次前來本商行洽談，是很正常的事。」

「因此我說，要加上貴商行在這個時候開始收集銀幣的事實，然後再把與傑廉有過交易的人聯想起來。」

「不，即便如此還是很奇怪。」

「為何？」

羅倫斯一點也不明白，這使他的語氣顯得不耐煩。

「不用說也知道，我們開始收集銀幣的時間點，是在與羅倫斯先生達成協議之後。也請您試著思考看看：『雖然不能說出是什麼樣的賺錢機會，總之趕快收集崔尼銀幣，我保證你們絕對賺錢。』我們不可能因為聽到這樣的話，就真的動手收集銀幣吧？」

「……沒、沒錯。」

「我們會開始收集銀幣，就表示我們已掌握這個交易的所有細節。而且，想必梅迪歐商行的人也一定知道這點道理。因此，照理說他們沒理由拿您們當人質。」

「難、難道說？」

馬賀特露出了一絲絲悲傷的表情輕輕點頭，然後帶著惋惜的口吻說：

「這是事實。因為我們已經收集到這筆交易所有必需的情報，所以羅倫斯先生您們有什麼下場，與我們一點關係都沒有。」

羅倫斯感到一陣昏眩，他無法控制身體歪倒一邊。馬賀特說得沒錯，羅倫斯是一個沒有後盾的旅行商人。

「希望您能夠體會我有多麼不願意說出這種話。可是，因為羅倫斯先生提出這筆交易，我們已經投入相當大的金額，這可以為我們帶來無以計算的利益。如果把遭到羅倫斯先生怨恨的事，以及放棄這個利益的事擺到天秤上一比……」

馬賀特嘆了一口氣，沉穩地說：

「真的很抱歉，我會選擇商行的利益。可是……」

馬賀特在這之後所說的話，羅倫斯全都沒聽進去。羅倫斯的腦海某處想著，或許這就是商人被宣告破產時的感覺吧。無論是他的雙手、雙腳還是嘴巴全都僵住，羅倫斯甚至懷疑自己是否繼續呼吸著。

羅倫斯就在此刻被米隆商行拋棄了。

這表示赫蘿也被拋棄了。赫蘿幾乎是替代羅倫斯被捉住，她深信羅倫斯會與米隆商行交涉再前去解救她，所以才自願被捉的。

赫蘿是因為相信羅倫斯才這麼做的。然而，事情的結果卻是如此。

羅倫斯的腦海裡，浮現赫蘿說著想要先到處旅行，再回到北方的表情。

被捉住當人質的人，一旦失去作為交涉條件的價值後，接下來的遭遇可想而知。如果是男人，就會被賣到奴隸船上；如果是女人，就會被賣到妓院裡。雖然赫蘿擁有狼的耳朵及尾巴，但世上也有很多變態有錢人，專門收集被惡魔附身的女孩。想必梅迪歐商行一定不難找到一、兩名這樣的客人。

羅倫斯想到赫蘿被人買走的場景。崇拜惡魔並熱衷於瘋狂儀式的有錢人，會如何對待被迫賣身的女孩呢？

不行，絕不能讓赫蘿有如此遭遇。

羅倫斯坐在椅子上，挺起癱軟的身子，動腦思考著。他絕對要救出赫蘿。

「請等一下。」

幾秒鐘後，羅倫斯開口說：

「想必對方當然也早已猜到，貴商行會做出這樣的判斷吧？」

梅迪歐商行也不是等閒之輩。也就是說，梅迪歐商行在這樣的狀況下，還是打算帶走羅倫斯兩人。而且，他們派出的人數眾多，即使有可能被治安隊發現，也仍願意冒險。

「是的，所以我才覺得更奇怪，我剛剛的話只說到一半。我接著是想說真有必要時，我會抱著被羅倫斯先生怨恨的決心，選擇商行的利益。」

羅倫斯這時總算記起馬賀特剛剛說著「可是」，想要把話題繼續下去。羅倫斯漲紅著臉，慚愧地垂下頭。

「相信您應該非常在乎您的夥伴。不過，因為這樣而魯莽行事，或是影響思緒的話，可就本末倒置了。」

「很抱歉。」

「不會，如果我妻子遇到同樣的狀況，或許我也會無法冷靜下來。」

看到馬賀特笑著這麼說，羅倫斯再度垂下頭。不過，聽到「妻子」這兩個字讓羅倫斯心頭一震。羅倫斯察覺到如果只是一同旅行的夥伴，他應該不至於如此慌張，而赫蘿或許也不會自願去引開敵人。

「那麼，回到原本的話題吧。對方是無法用一般方法對付，狡猾多詐的商行。因此，照理說羅倫斯先生您們並沒有當成交涉條件的價值，但他們仍然企圖捉走您們，這一定有什麼目的。您想得出來是什麼原因嗎？」

羅倫斯想不到有什麼原因。

然而，一步一步地思考後，羅倫斯發現他與赫蘿會被捉，應該有特別的原因。如此判斷似乎沒什麼不妥。

羅倫斯陷入思考。

他想得到的原因只有一個。

「不，這怎麼可能。」

「您有想到什麼嗎？」

羅倫斯立刻否決掉浮現在他腦海裡的想法，不可能發生這種事。可是，除此之外，也想不到其他原因了。

「龐大的利益就近在我們眼前，我們無論如何都希望這利益可以到手。如果您有想到什麼，就算是微不足道的事，也請告訴我們。」

雖然馬賀特的意見再正確不過，但這不是可以隨便洩漏的事。

羅倫斯腦海裡浮現的是赫蘿的事。赫蘿怎麼看都不是正常人類，她是世人口中所說的惡魔附身者。雖然羅倫斯已不認為赫蘿是個人類，但如果是惡魔附身者，一般不是被關在家裡一輩子，就是被送去教會；基本上是不可能正常生活的。要是被教會發現，勢必會遭到處刑。

赫蘿的外表看來跟惡魔附身者沒兩樣。因此，梅迪歐商行的人可利用赫蘿威脅米隆商行。

梅迪歐商行可以威脅米隆商行，如果不想被教會知道他們與惡魔附身者所有往來，就得放棄掉這筆交易。

一旦教會召開審判，梅迪歐商行就可以成為神的代言人，舉發米隆商行與他們抓到的惡魔附身者訂定邪惡合約的事實。審判的結果可想而知，想必米隆商行會與羅倫斯一同被處以火刑，當然赫蘿也不例外。

然而，羅倫斯還是覺得這不可能發生。

究竟是誰、在何時發現赫蘿擁有狼的耳朵及尾巴呢？

看赫蘿的聰明模樣，羅倫斯不認為赫蘿會蠢到那麼容易被人發現她的真實身分。羅倫斯深信不疑，目前只有自己知道赫蘿的真實身分。

「羅倫斯先生。」

羅倫斯在沉思中，被馬賀特的聲音拉回現實。

「您知道原因是嗎？」

面對馬賀特誠懇的問話態度，羅倫斯只能點頭。

既然點了頭，就得把事情一五一十地說出來。萬一原因不在這件事情上的話，羅倫斯就等於白白把赫蘿的事告訴馬賀特。

以最壞的可能性來打算，米隆商行可以搶先一步舉發梅迪歐商行，說對方是利用被惡魔附身的女孩，企圖陷害米隆商行的邪惡商行。

事情如果演變成這樣，赫蘿同樣無法獲救。

馬賀特凝重的視線從對面傳來。

羅倫斯無法躲避。

就在這個時候。

「打擾了。」

有個米隆商行的人走進房間。

「怎麼了？」

「剛剛有一封信送到這裡來，是與這件事有關的信件。」

商行的人遞出一封封緘得漂亮的信件。馬賀特收下信，交互看著信件的正反面。信封上雖然沒有註明寄件者，但有寫上收件者。

「給狼……與狼的森林？」

這瞬間，羅倫斯發現他的猜測正確。

「很抱歉，可不可以讓我先看看那封信？」

聽到羅倫斯的要求，馬賀特先是露出有些訝異的表情稍微考慮了一下，然後才點點頭把信件遞給了羅倫斯。

羅倫斯道謝後收下信件，深呼吸一口氣後，才把信件拆開。

裡面裝有一封信，以及應是赫蘿的褐色動物毛髮。

信上只寫著簡短幾句話：

「狼在我們手上，教會的大門隨時為我們敞開。如果不想讓狼進入家中，就關緊門窗，別讓家人跑出來。」

沒什麼好懷疑的了。

羅倫斯把信連同信封交給馬賀特後，勉強擠出聲音說：

「我的夥伴，名叫赫蘿的女孩是豐收狼神的化身。」

不用說也知道，這時馬賀特的雙眼會瞪得多大。

第五幕

馬賀特不愧是在異國的土地上擁有商店的商人。

他聽到羅倫斯的話之後，雖然有好一會兒因驚訝而說不出話，但立即回過神來冷靜思考。馬賀特沒有說出半句話責怪被梅迪歐商行捉住的赫蘿，或是帶著赫蘿一同行動的羅倫斯。他的意識似乎完全傾向如何從現狀中保護米隆商行，以及如何獲取利益。

「無庸置疑地，這是封威脅信。意思是說如果不想讓羅倫斯先生的夥伴被帶到教會，就關緊門窗不要輕舉妄動。」

「他們的意思應該是在崔尼銀幣的交易結束前不要輕舉妄動，可是，這並不表示交易結束後就一定不會去教會。」

「一點也沒錯。況且我們已經投入相當大的金額在崔尼銀幣上，現在放棄會造成極大虧損。因為崔尼銀幣勢必會貶值。」

這麼一來，幾乎沒有什麼選擇。

不是坐以待斃，就是主動出擊。

而選擇前項的可能性等於零。

「我們能做的，應該只有主動出擊而已吧？」

聽到羅倫斯說的話，馬賀特深深嘆了口氣，點點頭說：

「可是，這件事不是只要救回您的夥伴就可以解決的。因為就算我們藏匿您的夥伴，一旦被舉發，而教會執行教會法進行搜索的話，我們還是得像隻溫馴的小羊服從教會。只要在這個城鎮裡，您的夥伴就無法藏身。」

「如果逃出城鎮外呢？」

「城鎮外是一片遼闊的草原，除非運氣真的很好……如果在城鎮外被捉到，一切都將無法挽救，就算逃到其他城鎮也有可能被舉發。這麼一來，事情會變得一發不可收拾。」

這狀況只能用四面楚歌來形容。就算乖乖聽梅迪歐商行的話不採取任何行動，等到他們賺取大筆利益後，想必還是會把赫蘿帶去教會。對他們來說，把異國來的商店逼上絕路沒有什麼不好。畢竟生意上的敵手越少越好。

然而，就算由我方主動出擊，同樣也是困難重重。不，這已經不是可以用困難來形容的事態。現在能做的選擇都是極其魯莽的舉動。

「難道沒有什麼好辦法嗎？」

馬賀特像在自言自語似的輕聲說。

「照這樣下去，別說是想要保住我們商行的利益，甚至無法阻止舉發。」

羅倫斯只能用如坐針氈的心情聽馬賀特說話，如果低頭保持沉默能讓事態好轉的話，要他低頭多久他都願意。商人沒有像騎士或貴族般的自尊。只要有錢賺，就算要舔他人的鞋底也願意。

因此，羅倫斯並不覺得馬賀特的話是在挖苦或奚落他，他覺得這只是單純在分析現狀。事實上，馬賀特的話確實就是他們所面臨的現狀。

「重點是我們手上也必須有能夠對抗的王牌。」

「可以這麼說。可是，就算我們投入再多金額，和對方想要利用崔尼銀幣獲取的利益相比，根本是微乎其微。這是無法用錢解決的事。我們可做的選擇是先向教會舉發梅迪歐商行手上有羅倫斯先生您的夥伴……可是，這麼做的話，想必您會非常困擾，在最壞的情況下您也有可能說出對我們不利的證言。」

「我想……應該會吧。」

羅倫斯心想這時說謊也沒有意義，於是這麼回答。羅倫斯說什麼也不願意捨棄赫蘿。不過，只要捨棄赫蘿，就可以解決現狀，的確是不爭的事實。

想必馬賀特也明白這個事實。不用說也知道，事到緊要關頭時，他一定會說服羅倫斯捨棄赫蘿。到時，羅倫斯一定無法點頭答應。羅倫斯自己也覺得他會選擇與赫蘿共赴黃泉之路。

不過，羅倫斯當然希望避免這樣的狀況發生。

羅倫斯現在能做的，就只有動腦思考出一個妙計，能夠解決這四面楚歌的狀況。

「我能想到的辦法是……」

羅倫斯切入話題。

「請貴商行在被對方舉發前，先完成崔尼銀幣的交易，然後再以這個最大的利益，作為交涉的王牌。」

聽到羅倫斯說的話，馬賀特睜大了眼睛。就如同羅倫斯不願意失去赫蘿一樣，馬賀特與米隆商行也不願意失去這個最大的利益。

這個利用收集確信即將貶值的銀幣，所產生的魔法利益。

唯有在千載難逢的機會下，才能夠產生這個利益，這是畢生難得的巨大利益。

因此，這個利益是最強而有力的王牌。只要拿出這張王牌，想必梅迪歐商行也會毫不猶豫交出赫蘿吧。

正因如此，馬賀特聽了才不禁摀住眼睛。失去這利益，就等於失去親身骨肉般令人心疼。

這個魔法交易的對象，擁有帶來如此巨大利益的能力。

那正是堂堂一國之王，崔尼國國王。

「……這個崔尼銀幣的最大利益，就是從國王那裡取得特權。根據我們的調查得知，其實王族的財政似乎相當困窘。也就是說，這筆交易如果成功的話，應該可以從王族那裡取得相當大的特權。要放棄這個特權實在……」

「要用這個特權換取我的夥伴當然不相稱。」

「您的意思是要對方用錢來買嗎？」

羅倫斯點點頭。然而，羅倫斯雖曾經耳聞如此大規模的交易，卻沒有實際交易過的經驗，所以他也沒把握一定能成功。不過，他心想只要當成自己生意上的一貫作業，應該就能成功。

「如果梅迪歐商行可以把打垮米隆商行，以及從國王那裡取得特權這兩件事放在天秤上一秤，並認為買下特權比較好的話，就可以要求梅迪歐商行支付等價的金額，不是嗎？」

雖然這些話都是羅倫斯臨時想出來的，但這麼說應該也合乎情理。

話說最初，收集越多已知即將貶值的崔尼銀幣，就越有錢賺的構想，原本就建立在發行崔尼銀幣的國家，也就是崔尼國願意買回崔尼銀幣的前提上。

而說到崔尼國願意買回銀幣的原因，那是因為崔尼國打算把目前在市面上流通的貨幣先熔燬，再降低含銀量，以發行更多的銀幣。當然了，含銀量降得越低，就可以使用相同重量的銀發行越多銀幣，而熔燬的銀幣數量越多，就能夠發行越多灌了水的銀幣。這麼一來，假設原本只有十枚的貨幣就可以變成十三枚，足足多賺三枚貨幣。

雖然這樣的伎倆最適合用在即時創造資金，但由於這樣會減低國家的威信，因此長期來看，會帶來更大的不良影響。儘管如此，崔尼國仍執意要採取這種伎倆，表示王家正陷入動彈不得的財務危機。而這時如果沒有最重要的銀幣，就不能創造出讓王族喘口氣的資金。

梅迪歐商行正是因為看出王族如此的窘境，所以打算準備大量的崔尼銀幣與王族交涉。視情勢所需，他們會回收所有流通在市面上的銀幣，好與王族交涉。

接下來，他們會在國王的面前低頭說：

「如果您願意以適當的價格買下這些銀幣，並且把我們想要的特權賞賜給我們的話，我們願意把銀幣賣給您。」

除了一些國家之外，原則上被稱為國王的人，只不過是他的財產或領土比其他貴族來得多，再加上他四處遊說，成功讓身邊的人認同他當國王的正當性罷了。雖然身為國王，但不表示他能夠完全支配所有的國家領土。因此，王族並不能擅自處置與其他諸侯共同管理的國家財產。

因為這個緣故，王族擁有的財產與其他貴族並無太大差距。要說王族有什麼特別之處，就是以國王名義管理的各項特權。也就是採礦權、鑄幣權、關稅設定權、市場管理權、王國城市的市長任命權等。雖然特權並未伴隨實體的金錢，但若懂得運用，這些是可以成為搖錢樹的特權。

想必梅迪歐商行就是想要拿到崔尼國王管理的權力之一。雖然不知道那會是哪一項，但梅迪歐商行計策的交易如果順利完成，勢必可取得能夠左右生意的權力。

羅倫斯向米隆商行提出的正是搶奪這個交易的提議。

也就是回收比梅迪歐商行還要多的銀幣，搶先一步與國王交涉。

對國王來說，如果他同時接受兩家商行的交易，有可能會造成兩家商行爭奪同一項特權的狀況。這麼一來，國王會感到困擾。因此，國王如果要接受這個交易，就只會挑選一個交易對象。

米隆商行只要搶先完成交易，梅迪歐商行就無法再取得特權。

這是獨一無二的特權。

對梅迪歐商行來說，只要可以用金錢買下來，想必再高的金額他們也願意支付。雖然米隆商行也是一樣，但是米隆商行現在受到制肘，能夠拿到等價的金額也就夠了。

「可是……對方擁有的王牌不僅能夠打垮我們這家分行，甚至還能夠把我們送上火刑台。他們會願意支付等價的金額嗎？」

這就是重點了。羅倫斯把身子向前傾，用低沉的聲音說：

「如果國王知道自己與會被送上火刑台的商行交易，應該會相當困擾吧？」

馬賀特露出驚訝的表情，他似乎明白羅倫斯的意思了。教會是跨越國境的權力集團。姑且不論大國的國王或大帝國的皇帝，如果對象是崔尼國般的小國國王，教會的權力具有莫大的影響。更別說崔尼國王正為了不明原因而苦於資金調度，想必他會極力避免與教會發生衝突。

「只要我們與國王簽訂合約，梅迪歐商行就無法隨便舉發我們。因為他們如果舉發我們，我們就會被教會盯上，與我們交易的國王也會被教會盯上。這麼一來，梅迪歐商行就不知道會與國王結下多大的樑子了。」

「原來如此。不過，我想他們也不會忍氣吞聲地說罷手就罷手。最後就只剩下同歸於盡一條路，是嗎？」

「是的。」
「這個時候我們再以等價的金額，以及羅倫斯先生的夥伴作為交換條件，交出特權是嗎？」
「是的。」
馬賀特輕撫他的下巴，露出贊同的表情點點頭，然後把視線落在桌子上。羅倫斯知道馬賀特接下來會說的話。為了稍後可以回答馬賀特，羅倫斯先深呼吸，把力量吸入丹田。這是能夠解決現狀的難題，又能夠為米隆商行與羅倫斯帶來利益的獨一無二妙計。
然而，這個妙計也帶來難題。
如果無法順利度過這個難關，羅倫斯不是得選擇捨棄赫蘿，就是得選擇與赫蘿一同接受教會的火刑。
而選擇前者的機率絕對是零。
馬賀特抬起頭說：
「就方法而論，這個點子確實相當不錯。只是，相信您也已經察覺到了，這個方法會帶來非常大的難題。」
「如何搶先梅迪歐商行一步，是嗎？」
馬賀特摸著下巴點點頭。
羅倫斯按著腦海裡組織好的台詞說：

「就我的推測，我認為梅迪歐商行還沒收集到很多銀幣。」

「您的憑據是？」

「我的憑據是他們沒有在抓到赫蘿的當下就前去教會。如果他們早有足夠的銀幣，為了打垮貴行，應該會立刻付諸行動；然而，他們沒有這麼做，而只是想要阻止貴行採取行動。這應該是因為他們擔心在教會召開審判，到貴行被定罪之前的這段時間，貴行會搶先與國王交易的緣故吧。換一種說法，就是梅迪歐商行認為貴行已經收集到足夠數量的銀幣，可以開始進行交易。這表示他們沒有自信。」

馬賀特閉起眼睛，認真聽著羅倫斯回答。羅倫斯喘了口氣，再繼續說：

「而且，我認為梅迪歐商行應該不想被外界發現他們在回收崔尼銀幣的事。這筆交易擺明要攻擊國王的弱點。對出面與國王交涉的貴族來說，如果端出手上恰巧有銀幣可以賣給國王的說法，儘管明顯看得出事實不然，但為了往後的日子著想，這麼做就可以不傷及和氣。另外，像傑廉這樣的人會以我們旅行商人為目標提出交易，我認為目的就在於先讓我們旅行商人回收銀幣，然後再伺機買走銀幣；因為沒有一個商人會願意持有開始貶值的銀幣。或許多少會覺得傑廉的舉動詭異，但只要有人願意買走銀幣，任誰都會樂意賣出吧。雖然這都是我的推測，但我想應該不會錯。既然他們行事如此低調，我不覺得他們會大手筆買入銀幣。況且，如果梅迪歐商行大手筆買入銀幣，不僅是米隆商行，其他商行也會察覺到崔尼銀幣出現不穩的動向吧？」

馬賀特緩緩點頭。

「根據以上的判斷，我認為有機會成功。」

馬賀特痛苦低吟，然後閉上眼睛。

這推測聽來似乎很正確，但畢竟只是推測。或許梅迪歐商行只是單純不願招惹米隆商行的總行，所以才沒有把赫蘿帶去教會。

然而，不管真相究竟為何，梅迪歐商行確實有所顧忌。

既然他們有所顧忌，怎能不善加利用這個機會呢？

「好吧，就假設對方目前尚未做好完善的準備。這樣的話，您打算採取什麼行動呢？」

羅倫斯正面接下這句話，他不能在此刻表現出缺乏自信的樣子。

他深吸一口氣，再大口呼氣。

接著，直截了當地說：

「救出赫蘿，然後拼命逃跑，直到貴商行完成交涉。」

馬賀特聽到的瞬間，倒抽了一口氣。

「這太胡鬧了。」

「我知道我們不可能逃跑成功，但多少可以爭取一些時間。所以，請貴商行在這多少爭取到的時間裡瘋狂收集銀幣，然後與國王交涉。」

「不可能！」

「這樣的話，貴商行要舉發赫蘿嗎？我會說出對米隆商行不利的證詞喔。」

無庸置疑地，這是在威脅。

聽到羅倫斯說出如同背叛的威脅話語，馬賀特哭喪著臉，嘴巴一張一合地動著。

然而，就算是由米隆商行舉發赫蘿，也無法改變他們與羅倫斯及赫蘿訂定買賣合約的事實。如果教會召開審判，米隆商行能夠被判無罪的機率只有四成。即使被判無罪，勢必也得繳交大筆罰款。更何況不用說也知道，羅倫斯會說出對米隆商行不利的證詞。

馬賀特很苦惱，他不知道該如何是好。

於是羅倫斯趁機推他一把。

「只要能夠得到米隆商行的協助，要逃上一、兩天應該沒問題。畢竟和我一起逃跑的人是狼的化身。如果她的力量只需用在逃跑上，那人類根本望塵莫及。」

羅倫斯當然不知道赫蘿到底有多大力量，但他認為這樣的說法比較有說服力。

「呃……嗯……」

「赫蘿這次會被捉到全是為了讓我來到這裡，所以故意現身好引開敵人。如果是沒有目的地，只需逃跑的話，她絕對不可能被捉到。請問，貴商行需要多久時間，才能夠收集到足夠與國王交涉的銀幣呢？」

「……您、您是問需要多久嗎？」

雖然馬賀特有些被羅倫斯的魄力給壓倒，但他似乎不斷地思考。馬賀特的視線在空氣中遊走，可以看出他正在沉思。

如果羅倫斯能救出赫蘿，而米隆商行也願意協助他，他估計可以逃跑整整兩天的時間。

帕茲歐是個古老的城鎮，城裡的建築物繁密，小巷子錯綜複雜。真想躲起來的話，可藏身之處多如牛毛。

羅倫斯深信如果敵人只有梅迪歐商行的話，一定能夠順利逃過。

這時，馬賀特睜開眼睛說：

「如果現在立刻派人快馬前往崔尼城，順利的話會在日落時分抵達。假設立刻進行交涉，那麼再回到這裡的時間會是凌晨左右。交涉的時間越長，回到這裡的時間就會越晚。」

「您還不確定手上有多少銀幣，能夠現在立刻派人前往交涉嗎？」

「存放銀幣的地方有限，所以我們大概估計得到能夠收集到多少銀幣。先以接近能力極限的金額進行交涉，在實際進行銀幣交易之前，只要能夠準備好足夠的銀幣就沒問題了。」

就算交涉的金額只是個概算，只要在結算當天準備足夠就好了。

雖然這話聽來沒錯，但面對以國王為對象的交涉，果然只有大商行的人才能夠想出如此蠻橫的方法吧。況且為了不讓國王認為靠他自己的力量就能以更便宜的價格回收銀幣，與國王交涉時，必須提出足以讓國王斷念的銀幣數量。這麼一想的話，以概算金額交涉未免太過大膽。不過，羅倫斯心想馬賀特會想出如此蠻橫的方法，就表示他有意這麼做。

「不過，我們原本想先查出在梅迪歐商行背後掌控的人是誰之後，再與國王交涉的。如果知道這背後的人是誰，就能夠清楚掌握到整個資金週轉的路徑。這樣不僅可以從中阻斷資金流通，也可以先行概算。然而，現在連思考、猜測的時間，或是尋找線索的時間都沒有。」

明知道沒用，羅倫斯還是動腦思考了一下，但一時之間根本無法想出什麼好辦法。羅倫斯像要把他的無力感吐出來似地嘆了口氣。

然而，現在的他只能往前看。羅倫斯用力挺起背脊，看著馬賀特說：「可是，與國王交涉有辦法速戰速決嗎？」

無論交涉是速戰速決，還是會拉長時間，羅倫斯都得逃跑。雖然無法改變這個事實，但至少心境會有點不同。

馬賀特輕輕咳了一下，露出犀利的眼神說：

「只要米隆商行願意，不管什麼樣的交易絕對都是速戰速決。」

雖然羅倫斯不自覺地苦笑，但在此時此刻，馬賀特的話卻讓他覺得可靠。

羅倫斯一邊伸出右手，一邊像詢問天氣狀況般自然地問馬賀特：

「那麼，您應該知道赫蘿在什麼地方吧？」

「我們可是米隆商行啊。」

羅倫斯一邊與馬賀特握手，一邊暗自想著「幸好當初選了這家商行」。

「商行的人被暗殺、或商店遭人縱火，就像家常便飯一樣。因此，我們比城裡的任何人都還要熟悉城裡的一切，對於緊急狀況也有萬全的對策。就算整個城鎮被大騎士團包圍，我們還是能夠存活下來。只不過，我們也有敵手。」

「是教會嗎？」

「是的，教會同樣也會前往各個國家的各個城鎮。特別是在最前線負責傳教活動的人們，在這方面擁有跟我們一樣、甚至超越我們的能力。這您應該很清楚吧？」

「是的，他們確實是神出鬼沒。」

「因此，如果教會當真展開搜索行動時，請不要貿然行動，找個地方躲起來吧。當然了，我們打算在事態演變成那樣之前把事情解決。還有，暗號是皮里昂、奴馬。」

「兩大金幣是嗎？」

「這樣聽來比較吉利，不是嗎？那麼，我衷心祈禱您們平安無事並成功逃脫。」

「知道了，我一定不會讓您失望的。」

羅倫斯與馬賀特再次握手後，便坐進馬車。那是一輛隨處可見，外型普通的馬車。由於這輛馬車帶有車頂，因此無法從外面看到馬車裡的乘客。不過，這輛馬車並非為了載赫蘿，而是為了將羅倫斯平安送達赫蘿所在之處而準備的。事實上，與其說為了載羅倫斯，不如說是為了不讓別人知道羅倫斯前往何處。

米隆商行的人昨天聽到追捕騷動後，雖不清楚是什麼騷動，但也尾隨對方來到赫蘿被關起來的地方。相信梅迪歐商行的手下，也同樣正在監視米隆商行分行。凡事謹慎一些絕不會有壞處。

商人即使彼此面對面也會互相欺騙，在背地裡互相欺騙的程度更是驚人。

羅倫斯與一同坐進馬車的商行手下把地板拆開，一邊看著緩緩流過視線的石板地面，一邊進行確認動作。

「你是說進到地下後，手扶右側的牆壁往前走，對吧？」

「走到盡頭就是目的地。如果成功救出人質，地上的門會打開。這時如果聽到『拉嘿』，請等待我們的同伴到來。如果聽到『佩洛索』，就請兩位照著預定的路線逃跑。」

「你是說好景氣、壞景氣嗎？」

「簡單又易懂，不是嗎？」

羅倫斯苦笑，並點頭告訴對方自己明白了。米隆商行似乎挺喜歡使用這類暗號。

「那麼，差不多該行動了。」

商行的人才把話說完，坐在駕座上的馬夫便敲打了幾下牆壁。這是停車的信號。

發出停車的信號後，馬車隨著一陣馬嘶聲緊急停車，隨後傳來馬夫怒罵某人的聲音。羅倫斯迅速從拆開馬車底板的洞口往下跳，並挪開一塊石板地。石板地下方是個漆黑的洞口，羅倫斯毫不遲疑地往下跳。雖然嘩地一聲濺起水花，但還是勉強成功著地。可能是上方的人已做了確認，石塊立刻被推回原位，地下道完全陷入一片黑暗當中。

幾秒鐘後，馬車像是沒發生過任何事一樣，又開始前進。

「沒想到會有如此周全的準備。」

羅倫斯一半帶著難以置信的心情說道，隨即手扶右側的牆壁慢慢前進。

這裡是從前使用過的舊地下水道，自從自來水管一路拉到市場後，就不再使用了。雖然羅倫斯只知道這麼多，不過米隆商行似乎完全掌握了這裡的狀況，他們似乎擅自擴建許多地下水道通往建築物。

教會也非常善於這類動作。據說他們會以建造地下墳墓為由，在城鎮地下興建私有通道。通道的用途包括異端宗教的諜報行動、逃稅等各種目的。因為教會權力相當大，相對地敵人會比較多，所以這也是他們逃命的通道。

某些有教會總會、或類似米隆商行般大型商行總行的城鎮，幾乎跟住著惡魔或妖怪沒兩樣。羅倫斯熟識的旅行商人曾說過，在那種地方生活，就有如走在蜘蛛網上般驚險。

羅倫斯現在非常能體會那種感覺。

雖然這裡是黑暗且潮濕的地下道，但從地面比路況不好的小巷子還要平整這點看來，地下道維護得相當完善。

羅倫斯也因此能夠安心，米隆商行的力量確實強大。

「這裡嗎？」

羅倫斯從腳邊水花濺起的聲音，判斷出已走到盡頭，他稍稍把手伸出，立刻就觸碰到牆壁。

對旅行商人來說，在不見月色的山路上被野狗襲擊是習以為常的事。因此，萬一出現意外狀況，必須在這個地下道快跑，羅倫斯也有自信能夠立刻察覺牆壁的位置。

這位置的右上方，似乎是一個與梅迪歐商行有往來的雜貨商的住家兼倉庫，聽說赫蘿就是被關在這個倉庫。正上方是米隆商行未雨綢繆，以他人名義租借的住家，聽說他們還私下興建通往隔壁建築物的通道。他們周全的準備真是令人毛骨悚然，但或許為了在異國開店並經營生意，就必須有這般準備。羅倫斯告訴自己也要牢記這一點。

就在羅倫斯想著這些事情時，遠處傳來鐘響。那是市場開放的鐘聲。米隆商行的人說過要以這鐘聲為信號展開突擊，或許現在上方正陷入一片激戰。如果沒有在市場開放的鐘聲到通知開始工作的鐘聲之間救出赫蘿，狀況就會變得棘手。因為到時上方雜貨商的交易對象就會陸續前來。

雖然這家雜貨商必定有受惠於梅迪歐商行，但不管重要的人質是否由雜貨商看管，結算日還是會準時到來，他們是不能不做生意的。

問題在於監視赫蘿的人數。對方也知道要是安排太多人，會被米隆商行一眼識破；但人數太少又覺得不可靠。羅倫斯能做的只有祈禱他們會以藏匿赫蘿為第一考量來安排人數。

如果監視的人數太多，必定會有一場打鬥。到時展開突擊的人們手上，可能不會拿遮眼布及繩索，而是利刃及鈍器。

這麼一來，原本就相當複雜的問題會變得更複雜。羅倫斯希望盡量避免這樣的事發生。

羅倫斯思考著這些問題，也不知道等了多久。雖然一開始他還保持冷靜，但不知不覺中腳邊竟然因為身體顫抖而發出水聲。這彷彿說出羅倫斯內心巨大的不安，他拚命想制止雙腳顫抖，卻是徒勞無功。

羅倫斯試著蹲下又起身幾次，但心跳卻不斷加快，讓他的不安情緒更是高漲，無法控制。

他看著上方，心想門蓋怎麼還沒打開。

羅倫斯的背脊突然僵住了。

他心想自己該不會走錯地方了吧。

「這、怎麼可能。」

就在羅倫斯準備要確認自己是否在死路盡頭的那一瞬間，聽到有人說：

「拉嘿。」

說話聲從正上方傳來，隨後聽到拆開地板的破裂聲。接著又再傳來一聲「拉嘿」，於是羅倫斯回答「奴馬」。門蓋打開的那一刻，回答「皮里昂」的聲音，隨光線傳到羅倫斯耳中。

「赫蘿！」

看到赫蘿的臉，羅倫斯不自覺叫了出來。

然而，赫蘿卻像沒聽到羅倫斯的呼喚似的抬高臉，對身旁的人說話。接著才又從洞口往下看，對羅倫斯簡短地說：

「汝不讓開，要咱怎麼下去？」

如果說赫蘿說話的態度跟往常的她沒兩樣，似乎沒什麼不對。但羅倫斯聽了赫蘿說的話，才發現原來自己期待看到赫蘿高興的臉，以及聽到她興奮的語調。

羅倫斯照赫蘿的話讓開身體，等赫蘿下來。然而，此刻羅倫斯心中感受到的不是看到赫蘿的喜悅，而是沒能聽到她興奮聲音所帶來的失望感。

當然，羅倫斯知道這完全是他一廂情願的想法，所以也不能說些什麼。然而，看著赫蘿伸手接住上方傳下來的包袱，一副毫不在意自己的模樣，讓羅倫斯更覺滿腹牢騷難以發洩。

「發什麼呆啊？喏，這汝的份。快點拿起來，往裡面走。」

「什……呃，喔。」

羅倫斯抱住被硬塞進他懷裡的包袱後，被赫蘿推著往通道深處前進。懷裡的包袱發出喀鏘喀

鏘的聲響，看來他們為了假裝成強盜，似乎故意搶了一些財寶。另一個人緊接著從洞口下來，門蓋隨即蓋上。地下道再度陷入黑暗，而這也是出發的信號。羅倫斯在沒能與赫蘿說話的情況下邁開腳步前進。

接下來的路線是走到盡頭往右轉後，手扶左邊的牆壁前進再走到盡頭。然後先爬出地面坐上在那裡待命的馬車，再進入另一個地下道。

每個人都沉默地在地下道前進，終於走到路的盡頭。

羅倫斯照指示沿著事先架好的梯子往上爬，然後敲了天花板三次。

如果馬車出了什麼差錯而沒能在這裡待命的話，就得選擇另一條路；羅倫斯還來不及這麼想，天花板就出現一個洞口，馬車車廂近在眼前。

以「皮里昂」、「奴馬」的暗號確認身分後，羅倫斯爬入車廂內。

「事情似乎進行的很順利——」

商行的人坐在馬車裡一邊說，一邊拉起赫蘿。雖然早知道赫蘿是狼的化身，但露出來的狼耳朵似乎還是讓他嚇了一跳。

「做生意總是會有驚奇。」

不過，商行的人笑著這麼說，手腳迅速推回石板蓋住洞口。

「還有一個人在底下呢。」

「沒事，他要先收拾梯子再從其他地方爬出地面。他會把梅迪歐的情報告訴其他同伴之後，才離開城裡。」

他們驚人的辦事效率，一定建立在平時不斷擬定仔細周密的對策之上吧。商行的人蓋上馬車底板，說了句「那麼，祝您們成功」後，拿著羅倫斯與赫蘿帶來的包袱走下馬車。馬車隨著車夫發出的信號開始前進，到目前為止，一切似乎都照著計畫進行。

就除了眼前的赫蘿反應。

「太好了，妳平安無事。」

羅倫斯好不容易沒結巴地說出這句話。然而，這已是他的極限。他無法再對攤開原本圍在脖子上的布，並將之當成頭巾蓋在頭上，坐在對面座位的赫蘿說出任何話。

羅倫斯在赫蘿一臉不悅地重新蓋上頭巾，並有些神經質地調整完頭巾的位置後，才聽到赫蘿的回答：

「平安無事太好了？」

羅倫斯打算回答「是啊」，但又把話吞了進去。因為赫蘿正從頭巾底下，露出一副咬牙切齒的表情瞪著他。

難道她不平安嗎？

「汝把咱的名字說出來看看！」

然而，赫蘿會這樣說，就表示事情並非羅倫斯擔心的那樣。不過，赫蘿的魄力卻讓體格高出她近一倍的羅倫斯感到畏縮。羅倫斯雖然搞不清楚狀況，但也只能照他想到的答案回答：

「赫蘿……吧。」

「咱是賢狼赫蘿。」

這一刻，羅倫斯彷彿聽到赫蘿從喉嚨深處發出狼的低吼。然而，他不明白赫蘿生氣的原因。如果赫蘿要他道歉，再多次他也願意。畢竟赫蘿是為了他而被捉走。

還是赫蘿遭遇到什麼難以啟齒的對待呢？

「咱活到現在，只要是讓咱感到羞恥的人，咱都可以說出那個人的名字。這些名字當中還得再加上一個新的名字，那就是汝！」

赫蘿果然遭遇到那一類的對待了吧。雖然羅倫斯心裡這麼想，但赫蘿生氣的樣子，與他以往在村落裡看過，被暴徒或山賊偷襲的女孩們的反應不同。而且，如果這時他不小心說錯話，恐怕只會火上加油，讓赫蘿更生氣。

因此，沉默的時間不斷拉長，過了沒多久後，或許赫蘿對於羅倫斯一直沉默不語的態度感到生氣，她從座位上站起身子，逼近羅倫斯。

顫抖的拳頭因為握得太緊而失去血色。

羅倫斯無路可逃，赫蘿就站在他面前。

或許因為臉部的高度相同，赫蘿的視線以前所未有的直線穿透羅倫斯的眼睛。赫蘿鬆開小小的拳頭，用力揪住羅倫斯胸口。赫蘿的力氣正如她的外表一樣柔弱，但羅倫斯並沒有推開赫蘿。

好長的睫毛；羅倫斯的腦海某處不禁又浮現這樣的想法。

「咱有跟汝說過吧，咱要汝來救咱。」

羅倫斯立即點點頭。

「咱啊……咱以為一定是汝來救咱……嗚……光想就讓咱覺得可恨！」

羅倫斯突然感覺自己彷彿從夢中醒來。

「汝如果算個雄性的話，就應該磨牙勇赴戰場唄！竟然躲在那種黑洞裡，都因為汝，因為汝害咱蒙羞——」

「妳不是平安無事了嗎？」

羅倫斯說道，沒讓赫蘿把話說完。結果赫蘿極度不悅地歪著嘴，不理睬羅倫斯。

在那之後，赫蘿躊躇了好一會兒後，像喝了苦水般痛苦地點點頭。

或許赫蘿當時被矇住眼睛；或許她把進來救她的米隆商行當成是羅倫斯，而說了什麼話。只不過赫蘿憤怒地說到害她蒙受羞恥，想必是說了那一類的話吧。

羅倫斯單純因為這樣而開心。因為他知道如果去的人是他，赫蘿一定會露出他期待的表情。

羅倫斯緩緩抓住赫蘿揪住他胸口的纖細手臂，稍稍加重了力道。

赫蘿雖然鬧彆扭似地抵抗，但一下子就放鬆力氣。從頭巾外面就能夠明顯看出，直挺挺的一對狼耳也逐漸下垂。

赫蘿原本因憤怒而扭曲的表情，也逐漸轉為鬧彆扭的表情。

即使走遍全世界，累積再多的積蓄，也無法得到的東西就在眼前。

「看見妳沒事，真的太好了。」

聽到羅倫斯這麼說，赫蘿幾秒前還憤怒地瞪大眼睛，現在卻緩緩垂下眼簾，輕輕地點了點頭。只不過她仍然稍微嘟著嘴巴。

「只要汝一直帶著這麥子，咱就不會死。」

赫蘿沒有推開羅倫斯的手，她直接用手指頂著羅倫斯胸前的口袋這麼說。

「對女孩來說，就算不死，也有同等的痛苦折磨。」

羅倫斯拉了赫蘿的手，赫蘿緩緩貼近，把下巴靠在羅倫斯的肩上。羅倫斯覺得赫蘿輕盈的身軀，比裝滿麥子的沉重麻袋還要有重量感。

在那之後，赫蘿惡作劇地輕聲說：

「呵。畢竟咱這麼可愛，人類的雄性也會為咱傾倒。不過吶，人類當中沒有夠資格當咱對象的雄性。」

赫蘿從羅倫斯身上挪開身子，臉上已浮現經常掛在她臉上那種不懷好意的笑容。

「如果有人敢碰咱，咱只要警告他『小心命根子』，任誰都會嚇得臉色慘白。呵呵呵。」

赫蘿笑著說，桃色的嘴唇底下露出兩根尖牙。被赫蘿這麼一說，人人都會感到害怕吧。

「不過，也有例外。」

赫蘿臉上的笑容突然消失，變得面無表情。羅倫斯似乎感覺得到這是不同於先前的憤怒，是一種安靜的憤怒。

「汝猜猜看捉住咱的人當中有誰？」

赫蘿此刻的表情只能用可恨來形容，憤怒的表情更突顯她嘴唇底下露出的尖牙。羅倫斯不自覺地鬆開赫蘿纖細的手腕說：

「有誰？」

能夠讓赫蘿如此忿忿不平的人物究竟是誰？難道她看到以前認識的人？

就在羅倫斯如此猜測時，赫蘿皺起鼻頭說：

「是葉勒。汝認識吧？」

「怎……」

羅倫斯沒把「怎麼可能」的整句話說完。因為在那一刻，羅倫斯的腦海裡跳出了另一件事。

「我懂了！原來在梅迪歐商行背後的人是亞倫多伯爵！」

赫蘿原本已準備好要大肆發洩氣憤的情緒，被羅倫斯這麼大聲一叫，只能驚訝地瞪大眼睛。

「如果是麥子的大產地，交易時就可以要求對方以他們偏愛的銀幣支付貨款。還有，如果能撤銷有關麥子的各種關稅，不管對梅迪歐商行或伯爵，還是所有村民來說，都是天大的恩惠。對了！這樣也能夠明白為什麼有人知道妳是狼了！」

赫蘿一臉茫然不解地看著羅倫斯，羅倫斯卻毫不在意她的反應，把身子撲向聯絡駕座的窗口。小小的木窗打開來後，其中一名馬夫擺出側耳的姿勢。

「有聽到剛剛的話嗎？」

「是的，有聽到。」

「在梅迪歐商行背後的人是亞倫多伯爵。請轉告馬賀特先生：從事麥子交易的伯爵級商人是大量回收銀幣的窗口。」

「包在我身上。」

其中一名馬夫說完後，立刻跳下馬車快跑而去。

想必前往崔尼城交涉的快馬已出發，如果交涉時間會拉長的話，可以提出作為追加條件。如果知道梅迪歐商行計畫從什麼地方回收銀幣的話，相信靠著米隆商行的名號及財力，要從中奪走這筆交易不是不可能。

如果更早發現這件事的話，或許赫蘿就能夠免於被捉走的命運。這樣的話，這筆交易就會進行得更順利。

這麼一想就覺得懊悔，但事到如今後悔也沒有用。現在能夠發現，就算是個好消息了。

「……聽不懂。」

當羅倫斯坐回椅子上，雙手交叉在胸前不斷思考這些事情時，赫蘿坐在與先前相反的位置上，一臉不悅地說。這時羅倫斯總算記起自己剛剛打斷赫蘿的話題。

「這要花點時間說明。不過，妳提供的情報把所有疑問都解開了。」

「是麼？」

相信靠赫蘿的能力，只要稍稍動一下腦筋，不用多少時間就能夠理解。可是，她卻沒打算這麼做的意思。

赫蘿一副不感興趣的模樣點點頭，閉上眼睛。

果然，打斷話題似乎壞了她的情緒。

不過，在羅倫斯眼中看來，雖然赫蘿為這般小事鬧彆扭的孩子氣，實在很可愛，不過他也警惕自己不該有如此膚淺的想法。

這有可能是赫蘿為了一解話題被打斷的鬱悶，故意設下的陷阱。

「打斷妳的話題很抱歉。」

但羅倫斯還是直率地對這點道歉。

赫蘿聽到羅倫斯說的話，雖然稍稍睜開左眼看了他一下，也只簡短地說了句「沒什麼」。

儘管如此，羅倫斯仍然不退縮地繼續說話。赫蘿的性情似乎不是孩子氣、就是老奸巨猾，兩種極端的脾氣。

「照理說，葉勒現在應該因為收割祭的儀式而被關在穀倉裡才對。他出現在城裡，就表示他有牽涉這次的交易。那傢伙認識會到村裡交易麥子的商人們，村長也都委託他做交易。還有，麥子交易最頻繁的時期就在收割祭結束後。」

赫蘿閉著眼睛稍微想了一下，過了一會兒後才睜開雙眼。她的心情看來似乎好了一些。

「那傢伙似乎是從那個年輕商人傑廉口中聽到咱的名字。葉勒那傢伙穿著不可能在村裡穿上的衣服，一副很了不起的模樣。」

「看來他和梅迪歐商行的關係匪淺。那，你們有交談嗎？」

「只交談一些。」

赫蘿說完後嘆了口氣，怒氣也跟著呼出來。或許是想起與葉勒的對話，再度勾起她的憤怒。

羅倫斯思考葉勒會對赫蘿說些什麼。他認為赫蘿確實對村民懷有怨恨，但既然都決定離開村落，應該不至於如此忿忿不平。

就在羅倫斯想著這些事情時，赫蘿開口說：

「咱不知道在那塊土地待了多長的歲月，或許有咱尾巴毛的數量那麼多年。」

外套底下的尾巴發出「啪唰」聲。

「咱是賢狼赫蘿吶。為了盡量讓麥田年年豐收，咱時而會讓麥田休養，所以有收成不好的時候。儘管如此，咱相信在咱的管理下，村裡的麥田應該能比起其他土地產出更碩大的麥子。」

雖然羅倫斯已聽過同樣的話，但他直率地點點頭，催促赫蘿繼續說話。

「那裡的村民的確把咱當成豐收之神看待，只不過與其說受到敬仰，不如說被村民拘留比較貼切。割下最後一束麥子的人不是會被追捕嗎？抓到後還會用繩子綑綁起來。」

「聽說那個人會連同佳餚、及明年用的種籽，一塊兒被關在穀倉一星期左右。」

「那些豬肉和鴨肉確實挺好吃的。」

赫蘿的感言讓羅倫斯覺得好笑。他心想，看來被關進穀倉的人不記得有吃過的東西，也憑空消失的事件是真有其事，而那個犯人就在他的眼前，所以才讓人覺得好笑。

原本跟隨這曖昧傳聞而來的恐懼感，現在搖身一變，成了大口咬住豬肉或鴨肉的狼形赫蘿。

「可是吶。」

赫蘿加重語氣說，羅倫斯不禁肅立起身子。導致憤怒的主因從赫蘿的口中說出：

「汝知道葉勒那傢伙對咱說了什麼嗎？」

赫蘿咬著下唇，說話有些停頓，她用手背擦了一下眼角說：

「那傢伙說他從傑廉口中聽到咱的名字時，就想到該不會是咱了吧。咱啊，咱雖然覺得沒出息，但那時聽了真的覺得很開心……」

雖然口中這麼說，但赫蘿卻低著頭，眼淚不停從她臉上滑落。

「可是，那傢伙卻說：我們必須看妳心情好壞過日子的時代已經過了，已經沒必要再害怕妳會反覆無常了。反正妳也被教會盯上……不如就把妳交給教會，讓我們與舊時代訣別吧！」

羅倫斯對亞倫多伯爵與自然學者有所交流，並陸續引進新農耕方法，以提高收割量的事情早有耳聞。

然而，把無論多麼虔誠地祭拜祈求，到了緊要關頭時仍是毫無慈悲心、且無所助益的神或精靈加以廢除，進而引進靠自己的力量就能夠達成任何目標的方法，確實是件相當有魅力的事。而且，如果說引進新的農耕方法，或是增加工作效率之後，收割量果真提高的話，會認為豐收之神或大地的精靈們，是看心情操控豐收與否，確實不為過。

連羅倫斯也認為操控時運之神，是看心情玩弄人們的命運。

可是，眼前的赫蘿似乎並非如此。

她說過留在帕斯羅村的原因，是很久以前與村民的關係親密，那名友人拜託她照顧村裡的麥田，所以才會留下來。不管怎麼說，至少赫蘿有心想讓麥子豐收。

然而，赫蘿在那塊土地待了好幾百年後，四周的人逐漸不再認同她的存在，到最後還聽到單方面要與她訣別的話，赫蘿的心情會如何呢？

眼淚不停從赫蘿眼中湧出，她的表情夾雜著悔恨與悲傷。

赫蘿說過她討厭孤單。

如果說神會強迫人們崇拜自己，或許是因為祂太寂寞了。

羅倫斯都能夠想著如此不知天高地厚的事了，要伸手擦去赫蘿的眼淚根本沒什麼大不了。

「要如何看待事情是自己控制的。既然咱想要回到北方，不管怎樣都得離開那裡。既然沒有人要拉住咱，咱用後腳踢砂子離開就是了，這樣也比較能夠死心。不過，咱不可能就這麼安安靜靜離開。」

赫蘿總算沒再繼續哭泣，但還不時發出抽嗒鼻頭的聲音。羅倫斯一邊輕撫她的頭，一邊保持最適度的笑容說：

「我，不！我們是商人。只要有錢賺什麼都好。要笑的話等錢進來再笑，要哭的話等破產後再哭。哭完後，我們還是會笑。」

羅倫斯當然刻意加重語氣說出「我們」兩個字。

赫蘿瞬間看了羅倫斯一眼，隨即低下頭，眼淚再度滑下來。

赫蘿保持低頭的姿勢點點頭後，才抬起頭來。羅倫斯再次為赫蘿擦去眼淚，她深呼吸一次，並用手粗魯地擦去眼角滲出來的眼淚。

「……嗯，爽快多了。」

赫蘿一邊單手擦去殘留臉上的眼淚，一邊像在掩飾害羞心情似的，笑著把拳頭輕輕打在羅倫斯的胸膛上。

「咱這幾百年來都不曾好好與人交談過。喜怒哀樂的情緒變得很脆弱。雖然加上這次，咱就在汝面前哭了兩次，不過就算不是在汝面前，咱也會哭。汝知道咱想說什麼嗎？」

羅倫斯舉高雙手，聳聳肩說：

「要我別會錯意。」

「嗯。」

赫蘿這麼說，不過看似開心的她在羅倫斯胸前不停轉動著拳頭。

羅倫斯覺得赫蘿這樣的舉動可愛極了，於是他笑著說：

「我也是為了賺錢才陪妳的。在米隆商行完成交易之前，我們的工作是逃跑。逃跑途中有人哭哭啼啼只會礙事。所以即使在我面前哭泣的人不是妳，我也——」

羅倫斯說不出接下來的話。

那是因為赫蘿露出受傷的表情注視著羅倫斯。

「……妳太狡猾了吧。」

「嗯，這是雌性的特權。」

聽到赫蘿若無其事地這麼說，羅倫斯輕輕頂了一下她的頭。

聯絡駕座的小窗，像在等待兩人互動告一段落的適當時機似地打開，馬夫帶點苦笑的嘴唇出現在窗口。

「抵達目的地了，您們也告一段落了嗎？」

「嗯，萬事俱全。」

羅倫斯刻意用充滿信心的語氣回答後，動手拆開馬車的地板。赫蘿在一旁嗤嗤笑著。

「果然會想出賺錢機會的人就是不一樣呢。」

「是指這對耳朵嗎？」

赫蘿惡作劇地說，馬夫露出被反將了一軍的表情笑著說：

「看到您們現在這樣，不禁讓我起了回頭當旅行商人的念頭。」

「還是不要的好。」

羅倫斯挪開石板地，下到地下道確認內部，又回到馬車內讓赫蘿先下去後，他才開口說：

「會跟我一樣倒楣，撿到像那傢伙一樣的人。」

「怎會倒楣，馬車駕座一個人坐太寬敞了。如果跟您一樣，那可是如願以償呢！」

羅倫斯臉上之所以會露出苦笑，那是因為他想到，原來每個旅行商人都有差不多的感受。

然而，羅倫斯沒再多說話，他直接跳進地下道。因為羅倫斯心想就算再開口，似乎也只會說出令他害羞的話語，更主要的原因是赫蘿就在地下道裡。

「咱會被汝撿到一樣倒楣極了。」

馬夫進到車廂內，蓋上石板地，發出叩叩的聲響後，赫蘿在一片黑暗中說道。
石板地那頭傳來微弱的馬嘶聲，羅倫斯一邊聽，一邊拚命思考該如何順利轉開話題；但後來又覺得不管說什麼，最後肯定是赫蘿佔優勢，於是乖乖投降。
「妳果然還是太狡猾了。」
「這樣的咱很可愛唄！」
赫蘿一副理所當然似地這麼說。羅倫斯該如何反駁呢？
不！就是因為會思考該如何反駁，才會掉入赫蘿設下的陷阱。
羅倫斯如此想著，選擇了最令人意外的答案。他打算先讓赫蘿內心動搖，然後再恥笑她。
羅倫斯輕輕咳了一下。
然後把身子背對赫蘿，用害羞的口吻輕聲說：
「呃……是很可愛……沒錯。」
羅倫斯心想赫蘿一定想不到他會這樣回答。
羅倫斯在黑暗中拚命控制自己不要賊笑，赫蘿果然如他所料地噤住聲音。
這時該給個痛快的最後一擊。
就在羅倫斯打算轉身朝向赫蘿的那一瞬間，一陣輕柔的觸感滑進他的手中。
羅倫斯的腦袋瞬間一片空白，到了下一刻他才發現那觸感是赫蘿纖細的小手。

「……咱好開心。」

羅倫斯聽到有些靦腆又有些撒嬌，少女般口吻的話語，怎能不動搖呢?不僅如此，赫蘿還加重握住羅倫斯的手的力量，那正是她對自己發言感到害羞的反應。

所以，給了痛快的最後一擊的人是赫蘿。

「汝真是可愛的男孩吶。」

聽到赫蘿說話帶點受不了羅倫斯似的口吻，讓羅倫斯感到更加生氣。他不是氣說出這句話的赫蘿，而是氣自己讓赫蘿有機會說出這句話。

不過，沒打算推開赫蘿的手，讓羅倫斯覺得自己有些沒出息，而赫蘿沒有鬆開手的意思，也讓他感到開心。

儘管如此，羅倫斯還是在心裡暗自說：

「太狡猾了。」

地下道安靜無聲。

赫蘿的嗤嗤竊笑聲在地下道響起。

第六幕

赫蘿突然停下腳步，但原因想必並非她腳邊有老鼠發出慌恐的叫聲跑過去。

羅倫斯在伸手不見五指的黑暗中，把身子轉向赫蘿。因為到現在仍然牽著赫蘿的手，所以不會迷失赫蘿所在的方向。

「怎麼了？」

「汝不覺得空氣微微在震動嗎？」

雖然羅倫斯不是很確定他們兩人在城裡的哪個位置，但從剛剛就一直聞到清水的味道，因此他猜測應該是在市場附近。雖然狀況不是很明確，但羅倫斯至少知道他們距離沿著城鎮外平行流動的河川有些遠。

這麼一來，就不難猜想得到他們正上方有人群與馬車不斷往返。而空氣會震動也是理所當然的事了。

「從上面傳來的吧？」

「不……」

赫蘿一邊說，羅倫斯可以感覺到她一邊四處張望。然而，這條通道除了前方就是後方。

「如果有鬍子就可以知道得更清楚……」

「是妳多心了吧？」
「不……有。有聲音，這是聲音。水？是水花濺起的聲音……」
羅倫斯睜大眼睛，他有預感那是追捕他們的人。
「聲音從前面傳來。這樣不行，往後退。」
羅倫斯在赫蘿說話之前便已回頭跑了出去，赫蘿也急忙地跟在後頭。
「這是一條路通到底嗎？」
「剛剛我們打算前進的方向是一條路通到底，返回的方向在途中會有一條岔路。進了岔路之後，就是複雜的迷宮了。」
「就連咱都沒自信不會迷路吶……喲？」
赫蘿說到一半停下腳步。因為赫蘿突然停下腳步，使得原本牽住的手跟著脫開，羅倫斯頓了一次腳。他慌張地走回頭，這時赫蘿似乎是面向著後方。
「汝把耳朵遮起來。」
「怎麼了？」
「就算跑也會被捉到，對方放狗了。」
如果是被經過專門訓練的獵犬追捕，那一切都完了。就如赫蘿的視力在這片黑暗中能看得一清二楚般，想必獵犬也能靠鼻子及耳朵準確地襲擊。羅倫斯兩人手上並沒有能夠與獵犬對抗的武器，頂多只有隨時佩帶的銀短劍。

不過，我方也有像獵犬一樣的夥伴，那就是賢狼赫蘿。

「呵呵，這叫聲聽來似乎挺笨的。」

赫蘿說完後，羅倫斯也確實聽到微弱的狗吠聲。

或許只是回聲。但從重疊的吠聲聽來，可判斷應該有兩隻以上獵犬。

赫蘿究竟打算怎麼做呢？

「如果犬太愚蠢而無法理解的話就糗了……總之，汝先摀住耳朵。」

羅倫斯照赫蘿說的話摀上耳朵，他猜得到赫蘿要做什麼——是長嚎。

「吸——」

傳來吸氣的聲音。吸氣的聲音持續很久，不禁讓人懷疑赫蘿如此纖細的身軀，要如何吸入那麼多空氣。停頓了一瞬間後，如地牛翻身般的狼嚎聲響起。

「嗷嗚～～～～～～～～～～～～～！」

那聲音的力量之強勁，足以使手及臉部露出來的皮膚隨之震動。甚至讓人不禁認為地下道是否會因此坍塌。

羅倫斯聽著那彷彿不管再強悍的壯漢，也能夠撕碎其肝臟般的狼嚎。他在途中也忘了那是赫蘿的聲音，死命地摀住耳朵，並縮起身子。

羅倫斯想起在山裡及草原上遭狼群追殺的經驗。無以計數的狼群不僅對地形瞭若指掌，還擁有人類無法與之對抗的運動細胞。這一切一併襲擊過來，而狼嚎就是襲擊的前兆。也因為如此，有些村落甚至在發生瘟疫時，為了趕走瘟疫，所有村民都會模仿狼嚎。

「咳……咳……喉嚨……咱的喉嚨……」

當咆哮聲消失，留下雷聲般的餘音後，羅倫斯拿開摀住耳朵的手抬頭一看，發現赫蘿在黑暗中頻頻咳嗽。那麼細小的喉嚨要發出那麼巨大的聲音，當然會如此了。

可是，這裡沒有水給她喝。

「咱想吃……蘋果吶……咳！」

「以後妳想吃多少就吃多少，那些獵犬呢？」

「夾著尾巴逃跑了。」

「那我們也該逃了。他們聽了剛剛的聲音，一定知道我們在這裡。」

「認得路嗎？」

「算吧。」

羅倫斯準備跨出步伐前，轉向赫蘿並伸出左手，赫蘿緊緊抓住他的手。

羅倫斯確認赫蘿抓住他的手之後，便跑了起來。這時，就連羅倫斯的耳朵也能微微聽見人類怒吼的聲音。

「可是，怎會被發現吶？」

「他們應該不是一開始就知道我們在這裡。想必是在地上找不到我們，所以才潛入地下，然後恰巧遇上我們吧。」

「是麼？」

「如果他們早知道我們在這裡，那現在早就被兩面夾……攻……？」

「原來如此，確實有道理。」

羅倫斯與赫蘿才聽到先前走來的筆直通道那一頭傳來模糊不清的聲音，就看見微弱的光線射進黑暗的地下道。那是羅倫斯兩人先前下來地下道的位置。

羅倫斯一路走來的人生，並沒有樂觀到會讓他認為那是米隆商行的人回來救他們。就像用冷水從頭上淋下去時會有的舉動一樣，羅倫斯短短吸了一口氣，加快腳步。

聲音緊接著在地下道響起：

「米隆商行出賣你們了！現在逃跑也是多餘的！」

羅倫斯兩人像要躲避這些話似的，轉進地下道的岔路，後方又再度傳來類似的話語。

事態一旦演變成這樣，無論到哪裡都會聽到同樣的話。雖然羅倫斯不加理會地繼續奔跑，但赫蘿卻顯得不安地說：

「咱們好像被出賣了。」

「想必是賣了不錯的價格吧。不管怎麼說，只要有妳在，至少可以打垮米隆商行在這個城市的分行。」

「……原來如此，那肯定會是相當高的價格。」

假設羅倫斯及赫蘿真的被出賣了，那麼，馬賀特能做的選擇，就只有以米隆商行分行作為交換條件。馬賀特如果做出這種選擇，就表示他企圖弄垮分行中飽私囊後，再帶著錢遠走高飛。但羅倫斯不認為米隆商行般的巨大商行會允許這樣的事情發生，而他也不認為馬賀特會覺得自己能夠逃過米隆商行追捕。

也就是說，這只是對方刻意說出的謊言，但對不習慣這類事情的赫蘿來說，似乎起了作用。

雖然赫蘿聽了羅倫斯的回答，一副十分理解的模樣點點頭，但她握住羅倫斯的小手卻加重了些許力道。

羅倫斯像要消除赫蘿小小的不安似地，握緊她的手說：

「好，在這裡右轉……」

「等一下。」

不用等到赫蘿提醒，羅倫斯一轉進轉角就立刻停下腳步。

從緩緩蜿蜒的地下道另一頭深處看見搖來晃去的燈光，並傳來「找到了！」的聲音。

羅倫斯立刻牽起赫蘿的手，朝走來的路筆直地向前跑去。發現羅倫斯兩人的人們也緊接著跑了起來，但羅倫斯的耳裡早已聽不見他們的腳步聲。

「汝，這路？」

「我認得，沒問題。」

羅倫斯回答的語氣變得急躁，並非因為他的呼吸變得急促，而是因為面對地下道錯綜複雜的奇妙構造，羅倫斯卻只記得米隆商行事先告訴過他，連接出入口之間的通道。

羅倫斯說認得路並不算謊言，但也不算事實。

如果他能夠記得通過多少條岔路，在哪裡右轉、又在哪裡左轉了的話，那就算事實；但只要記錯一個地方，就成了謊言。

腦袋變成一片空白的錯覺湧上羅倫斯心頭。那就像腦海裡聽到群鼠如陣風搖動樹林般逃竄而去的聲音，也像被坍方的石壁絆倒時的感覺。對必須牢記所有應收款項或應付款項債權的旅行商人來說，他們對自己的記憶力有相當的自信。然而，羅倫斯認為有辦法記住路線的自信，卻在他說出話後沒多久就喪失了。

因為地下道實在太複雜了。

「又是死路。」

在T字路口右轉後，只前進一些距離就到了路底。呼吸變得急促的羅倫斯說完話後，不由地踢了牆壁一下。雖然羅倫斯的舉動擺明表現出焦慮之情，但呼吸同樣急促的赫蘿，也不禁加重握住羅倫斯手的力道。

看來梅迪歐商行勢必要在這裡抓住羅倫斯兩人，他們派出相當多手下。

當然了，這是憑回響在地下道裡的怒吼聲及腳步聲做出的判斷，地下道裡的回聲過大，就連赫蘿都無法掌握正確人數。

這麼一來，在如此焦慮不安的情緒下，傳入耳中的腳步聲，會讓羅倫斯兩人聯想到大群螞蟻般的追捕者正在追殺他們。

「可惡，還是先回頭。我記不了再多的路了。」

如果勉強再往前進，導致記憶中的路線交錯的話，那就無法挽救了。

雖然羅倫斯此刻對路線的記憶就有些模糊，但看見赫蘿表示同意地點點頭，他便沒說出事實，因為羅倫斯不想讓赫蘿不安。

「還跑得動嗎？」

羅倫斯一向以自己是健步的旅行商人而自豪，儘管呼吸變得急促，但他還能繼續跑下去。然而，赫蘿卻變得只能動動頭部來回答。

或許赫蘿的人類姿態無法像狼一樣行動。

「多少可以。」

趁著急促的呼吸間隔，赫蘿簡短地說道。

「找個適當的地方……」

羅倫斯本想繼續說「休息」兩個字，卻因為看到赫蘿的視線，勉強把話吞回去。

赫蘿的瞳孔在黑暗中瞬間散發朦朧光芒，那是在漆黑的森林裡，冷靜掌握四周狀況的狼眼。

如今這樣的赫蘿是自己的同伴，讓羅倫斯感到安心。羅倫斯豎起耳朵，放輕呼吸的聲音。

啪嚓、啪嚓，附近傳來對方小心翼翼一步步前進的腳步聲。

從羅倫斯站的位置往右方前進，會碰到一條岔路。腳步聲應該就是從岔路的某處傳來。

兩人走來的路是轉過身後的正前方。只要回到這條路，左右兩側都有幾條岔路可走。伺機跑回走來的路，然後逃進岔路才是上策。

羅倫斯把赫蘿的手輕輕往前拉，示意準備奔跑，他感覺到赫蘿輕輕地點點頭。

啪嚓、啪嚓，腳步聲緩緩靠近。雖然傳來的聲音還隔著牆壁多少讓人放心，但梅迪歐商行的手下在背後，像刻意發出腳步聲般不停跑動，並用他們特有的暗號交談。

羅倫斯不禁覺得自己與赫蘿已經身陷對方的陷阱，他們只要拉起網子抓人就好了。

羅倫斯用刺痛的喉嚨嚥下唾液，準備伺機快跑。

若能逮到梅迪歐商行的某人大叫的時候就好了。

羅倫斯這麼祈禱完沒多久。

「哈、哈……」

發出腳步聲的方向傳來少根筋的呼吸聲，有人想打噴嚏。

羅倫斯判斷這聲音是老天爺賜下的福音，他用力握緊赫蘿的手。

「啾！」

從小小的噴嚏聲可判斷對方似乎也自覺不妙，努力想用手摀住嘴巴好遮蓋聲音。

然而，這樣的音量已足夠羅倫斯兩人安靜地快跑。

羅倫斯與赫蘿快跑出去後，轉進左側的第一條岔路。

這時，黑影從眼前晃過。

羅倫斯是在聽到應是赫蘿發出的低吼聲之後，才發現那並非老鼠的影子。

「嗚嚕嚕咕嚕嚕嚕！」

「哇！可惡，在這裡！在這裡啊！」

羅倫斯在黑暗中看到一個類似矮小孩童的黑影左右晃動著，緊接著他感到左邊的臉頰一陣熱。羅倫斯往臉頰一摸，手中粘稠的觸感才讓他發現自己已經被小刀割傷。

等到羅倫斯發現左右晃動著的黑影，原來是赫蘿突然咬住對方拿著小刀的手臂時，他已經忘我地拼命揮動拳頭。

旅行商人時而必須扛著比自己體重還要沉重的行李爬過山頭、越過草原，因此他們的拳頭比銀幣還堅硬。

羅倫斯握緊右拳，使盡全身力氣揮出去，拳頭正中被赫蘿咬住手臂而喊叫的男子嘴巴上方。

一陣令人厭惡，像青蛙被碾碎時發出的「喀啦」聲纏上羅倫斯的拳頭。

羅倫斯用另一隻手伸向赫蘿背後，抓起她的衣服往自己拉近。

被拳頭打中的黑影緩緩向後倒下，羅倫斯連開口說話的時間都沒有，就直接往後跑，企圖尋找其他通道。

然而，跑出去沒多久後，羅倫斯便發現剛剛對方並非偶然打了噴嚏，而是故意設下陷害羅倫斯及赫蘿的陷阱。

咚！在一陣撞擊後，羅倫斯感到全身的血液逆流。

羅倫斯往後退，準備轉過身來的那一瞬間，刀子朝羅倫斯的身體直直伸來。

「神啊！請原諒我的罪過。」

聽到這句話，羅倫斯確信對方打算殺死自己。

事實上，對方在一片黑暗中，屏氣凝神地伺機襲擊，想必他一定以為自己殺死羅倫斯了。

然而，老天爺並沒有捨棄羅倫斯。刀子刺進羅倫斯左腕上方的位置。

「懺悔罪過前……」

羅倫斯一邊說，一邊把腳抬高，朝男子胯下往上踢。

「先懺悔平時的言行吧！」

羅倫斯踢開沒發出半點聲音就昏倒的男子，用右手抓住赫蘿的手臂快跑。

梅迪歐商行的手下逐漸跑近他們的腳步聲，呼應著四處傳來的喊叫聲，傳到兩人耳中。

羅倫斯兩人轉進左邊的岔路，又再立刻向右轉。這並非羅倫斯有什麼計策，也不是他還記得路怎麼走。

羅倫斯只想拚命跑，現在的情勢逼得他無法停下腳步。左手臂彷彿陷在泥沼般沉重，又像被燒得火紅的鐵棒刺入般灼熱。然而，左手掌卻冷冰冰的，想必是血液不斷流出來的緣故。

照這個情況看來，應該跑不了多久。羅倫斯常在旅途中受傷，他大概知道自己的體力極限。

羅倫斯拚命奔跑，不知跑了多久，在逐漸模糊的意識當中，交錯回響的怒吼聲及腳步聲，彷彿深夜草原的傾盆大雨般，不斷侵蝕羅倫斯的腦袋。

當這些聲音逐漸遠離羅倫斯的意識時，羅倫斯不僅沒有餘力顧及赫蘿，他連自己的身體還能支撐多久都沒把握。

「羅倫斯。」

羅倫斯聽到有人呼喊他的名字，心想死神還是來了。

「羅倫斯，汝沒事吧？」

羅倫斯回過神來。當他察覺時，才發現自己的身體正靠在石壁上。

「呼，還好。咱叫了好幾聲，汝都沒反應。」

「……唔……沒事，只是有點睏了而已。」

羅倫斯試著擠出笑容，但不知道有沒有成功。赫蘿有些生氣地搥打羅倫斯的胸膛說：

「振作一點，再一下就到了。」

「……到哪裡？」

「汝沒聽到嗎？有陽光的味道，咱剛剛說過有地方可以通往地上啊？」

「喔，嗯。」

雖然完全沒有印象，但羅倫斯點點頭回答。他把身子從牆上挪開，搖晃身體準備踏出步伐時，發現左手臂不知何時已包紮上取代紗布的布條。

「……這紗布？」

「咱撕下袖子當紗布。汝連這都不知道啊？」

「沒有，我知道，沒事的。」

這次羅倫斯確實露出笑容回答，於是赫蘿也沒再多說些什麼。只不過繼續往前走時，換成赫蘿走在前頭。

「再一下就到了。走到那條通道的盡頭，再往右轉……」

赫蘿拉著羅倫斯的手一邊頻頻回頭，一邊說話，但說到一半就停了下來。羅倫斯也非常清楚赫蘿停下來的原因。

那是因為有腳步聲從後方傳來。

「快點、快點。」

赫蘿用近乎沙啞的聲音小聲催促著，羅倫斯擠出最後的力氣邁開腳步。

傳來腳步聲的位置雖然很近，但聽來仍有一段距離。只要能夠爬出地面上，以羅倫斯身受重傷的模樣，應該不難向城裡的居民求助。

這麼一來，想必梅迪歐商行手下也不願意在眾目睽睽之下引起騷動，只要趁這段時間與米隆商行取得聯繫，再設法讓赫蘿一個人逃跑就好了。現在最重要的是與米隆商行取得聯繫，重新擬過計畫。

羅倫斯一邊思考這些事情，一邊拖著沉重如石的身軀向前進，終於如赫蘿所說看到了光線。光線似乎是從盡頭的右方射向左方，後方的腳步聲也越來越近。不過，照這樣繼續前進，似乎有機會成功逃脫。

赫蘿用力拉著羅倫斯的右臂催促著他，羅倫斯也盡其所能跟上腳步。

兩人終於在盡頭向右轉。

在通道的最深處看到明亮的光線。

「這裡可通往地上，再一下就到了。」

赫蘿的聲音恢復活力，羅倫斯像是受到鼓舞似的往前進。

這場狩獵是獵物以微小差距獲得勝利。

羅倫斯如此深信。

至少在赫蘿還沒用快哭出來的聲音說話之前，是的。

「怎麼會這樣……」

羅倫斯聽到赫蘿泫然欲泣的聲音，抬起頭來。

即使低著頭，已習慣黑暗地下道的眼睛依然覺得射進來的光線刺眼，因此羅倫斯抬起頭後，有好一會兒無法正常睜眼，等到他習慣光線之後，也明白是怎麼回事了。

眼前看到的是已不再使用的水井，想必是作為地下水道使用時所設。光線正是從圓形的洞口射進來。

然而，從地下道透過這座水井仰望的天空是如此遙遠。羅倫斯挺起背脊伸手，或許還勉強碰得到天花板，但水井的出口是在天花板更上方。

在沒有繩子也沒有梯子的情況下，兩人根本無法爬上洞口。

就像放高利貸的人因為通往天國的路途遙遠而感到絕望般，赫蘿與羅倫斯沉默不語。

然後，腳步聲彷彿確信已將兩人逼到盡頭般，終於從轉角出現。

「找到了！」

兩人聽到喊叫聲後，總算回過頭。

赫蘿抬頭望著羅倫斯，羅倫斯用還使得上力的右手拔出腰上的短劍，以彷彿在水中動作的速度，緩緩擋在赫蘿面前。

「退後。」

羅倫斯本打算站到更前面一些，但雙腳的力氣似乎已經用盡了。他的雙腳彷彿生根似的，無法再移動半步。

「汝的身體這樣不行唄。」

「胡說什麼，我還可以。」

羅倫斯雖然有辦法故作輕鬆地說，但卻沒有多餘的力氣回過頭看赫蘿。

「這種話就算不是咱的耳朵，也聽得出來是謊言。」

赫蘿有些生氣地說道，但羅倫斯不理會她，直視著前方。

就羅倫斯視線所及，就有五個梅迪歐商行手下，每人手上都拿著木棍或刀子。不僅如此，他們後方還傳來許多腳步聲。

然而，他們理應處於壓倒性有利的局勢，卻沒有立刻靠近，只是在轉角注視著羅倫斯兩人。

雖然猜得到他們是在等待支援，但要對付羅倫斯兩人，五個人應該就綽綽有餘了。畢竟羅倫斯的樣子怎麼看也知道不成戰力，赫蘿又是個柔弱的女孩。

儘管如此他們還是沒有前進，好幾個人的腳步聲終於來到轉角。原本對峙的五個人轉過身子，讓出路來。

「啊。」

赫蘿看到出現在轉角的人不禁叫了出來。

羅倫斯也差一點叫了出來。

出現在轉角的人是葉勒。

「我聽到報告所形容的面貌時，就想到可能是你。但沒想到真的就是你啊，羅倫斯。」

不同於在城牆保護下安居樂業的居民，也不同於滿身風砂汗水四處奔波的旅行商人，葉勒的身上帶著大地與太陽的色彩，他露出些許悲傷的表情走到前面。

「我才嚇了一跳。說到金屬的味道就只會聯想到鐮刀和鋤頭的帕斯羅村，竟然會圖謀如此狂妄自大的銀幣交易。」

「懂得這筆交易的村民很少。」

葉勒說話的神情彷彿自己不是村民似的，但看了他身上穿著的衣物，也就明白他為何會有如此反應了。只要看那衣物的色澤及質料，就能夠明白他與梅迪歐商行的關係有多深。

他身上穿的盡是過著樸實農村生活的村民買不起的衣物。

「這個我們以後再找機會好好聊吧，沒時間了。」

「你也太冷淡了吧，葉勒。我難得去村裡，也沒能見到你。」

「相對地，你見到別人了吧？」

葉勒把視線移向羅倫斯身後的赫蘿，繼續說：

「雖然我也不太敢相信，但這與傳說中所描述的也未免太像了──像長久住在村子的麥田裡，能夠自在操控豐收與否的狼之化身。」

雖然知道赫蘿微微縮了一下身子，但羅倫斯沒有回頭。

「把那傢伙交給我們！我們要把那傢伙送給教會，與舊時代訣別。」

葉勒往前踏出一步說：

「羅倫斯。只要有那傢伙，就可以打垮米隆商行。如果再加上撤銷關稅的話，我們村落的麥子就可以創造出莫大利益。這對與我們村落交易麥子的商人來說，也是同樣的道理。沒有任何東西比不會被課稅的產品還賺錢吧？」

當葉勒前進到距離兩步路的位置時，赫蘿抓住羅倫斯的衣服。即使羅倫斯連腳步都站不穩，也能夠察覺到她的手在顫抖。

「羅倫斯。對於從前你願意買下我們村落因重稅而不受歡迎的麥子，所有村民到現在都仍然心存感激。要讓你有優先購買麥子的權利，一點兒也不困難。況且，以我倆的交情來說，就更沒問題了。我說羅倫斯啊，既然你是個商人，就應該懂得計算損益吧？」

葉勒的話語一點一滴慢慢滲入羅倫斯的腦裡。不用支付關稅的麥子，就等於麥穗上長了黃金一樣。只要接受葉勒的交易，相信財產一定能夠不斷倍增。

等到資金足夠時，或許就可以在帕茲歐開一間自己的商店。這麼一來，想必可以拿著與帕斯羅村交易麥子的優先權當武器，一步一步拓展事業。

葉勒的話帶來無限大的夢想。

「我當然懂得計算損益。」

「喔，羅倫斯。」

葉勒表情變得開朗，張開雙手。赫蘿加重了抓住衣服的力道。

羅倫斯用僅存的力氣回過頭，赫蘿也隨之抬頭仰望羅倫斯。

赫蘿琥珀色的眼珠流露出悲傷的神情注視羅倫斯，隨即垂下眼簾。

羅倫斯緩緩把身子轉向前方。

「可是，遵守合約是當個優良商人的第一條件。」

「羅倫斯？」

葉勒用懷疑的口吻反問羅倫斯，羅倫斯繼續說：

「在莫名其妙緣由下撿到的怪女孩想回到北方，我與她訂定了一同旅行的合約啊。葉勒，要我違反合約，我辦不到。」

「汝……」

聽著赫蘿驚訝的聲音，羅倫斯直直瞪視葉勒。

葉勒一副無法理解的模樣搖搖頭，深深嘆了口氣後，抬頭說：

「那麼，我也只能執行我的合約了。」

葉勒稍稍舉高右手，原本默默注視交談狀況的梅迪歐商行手下，擺出迎戰姿態。

「羅倫斯，我們的友情真是短暫。」

「旅行商人總是避免不了分離。」

「殺了男的無所謂，但女孩得給我活捉！」

葉勒用判若兩人的冷漠口吻說完後，梅迪歐商行手下隨即向前逼近。

羅倫斯的右手使力握緊銀短劍，並設法讓有如附著在地面上的雙腳往前移動。

只要能夠多爭取一些時間，或許米隆商行的人會來到這裡解救他們。羅倫斯一邊抱著這樣的希望，一邊狼狽地揮動短劍。

就在此刻，赫蘿用纖細的手臂環抱羅倫斯的身體。

「呃，赫蘿，妳做什麼？」

赫蘿纖細的手臂緊緊抱住羅倫斯，硬是把羅倫斯的身體往下拉倒。

雖然羅倫斯心想赫蘿哪來這麼大力氣，但又想應只是自己的身體完全失去力量抵抗了吧。

事實上，赫蘿似乎沒法完全支撐羅倫斯身體的重量，所以羅倫斯幾乎是屁股著地跌了下去。

跌在地面的撞擊使羅倫斯手上的短劍飛了出去。

羅倫斯急忙想站起身子撿回短劍，卻沒能站得起來。他甚至沒力氣支撐伸出去的手臂，身體往前臥倒在地。

「赫蘿……撿起短劍。」

「已經夠了。」

「赫蘿？」

赫蘿不理會羅倫斯，她把手放在往前臥倒在地，動彈不得的羅倫斯左手臂上。

「可能會有些痛，忍耐一下。」

「做……」

赫蘿沒等羅倫斯把話說完，便解開纏在羅倫斯左手臂上的布條，把鼻子湊近暴露的傷口嗅了一下味道。

羅倫斯想起來了。他想起自己初遇赫蘿時的對話。那時他要求赫蘿變身，好向他證明赫蘿是真正的狼。

當時赫蘿很自然地回答他：

變回原本的模樣所需的東西可以是一些麥子——

也可以是鮮血。

「在等什麼！還不快抓起來！」

葉勒的聲音響起，因為赫蘿的怪異舉動而停下腳步的梅迪歐商行手下回過神來，架起武器往前逼近。

在這之後，赫蘿一閉起眼睛，隨即露出嘴唇底下的兩根尖牙，朝羅倫斯的傷口刺入。

「在、在吸血啊！」

出現喊叫聲。

赫蘿聽到聲音稍微睜開眼睛，她看了羅倫斯一眼。

羅倫斯看見赫蘿悲傷的笑容，便明白自己當下露出什麼樣的表情。

吸血是惡魔與妖怪才會有的行為。

「不准退縮！她只是個被惡魔附身的女孩！抓住她！」

葉勒的吆喝聲也無法迫使男子們往前邁進。

赫蘿緩慢地從羅倫斯的手臂上鬆開嘴巴，因為她的身體已經開始起了變化。

「咱會……」

赫蘿的長髮唰唰地，變成明顯不是人類所有的毛髮。從撕裂的袖口露出來的手臂，也逐漸變成動物的前足。

「永遠記得汝最後選擇了咱。」

赫蘿不是用手，而是用火紅的舌頭舔去嘴角滴落的血滴，那景象鮮明留在羅倫斯的腦海裡。

「汝啊。」

赫蘿站起身子面對羅倫斯，臉上還是露出了悲傷的笑容，最後她輕聲說：

「別再看了。」

赫蘿的身體在下一刻整個膨脹起來，隨著布料撐破的聲音，褐色的毛髮彷彿炸開似的從布料底下湧出。裝滿麥子的皮袋夾雜在破碎不堪的布料當中掉了下來。

想到赫蘿託宿在那些麥子裡，羅倫斯幾乎是反射性把手伸向皮袋，等他接著抬起頭來時，眼前已出現一隻巨大的狼。

突然出現的巨大褐色狼，彷彿從沉睡中醒來似的左右甩甩頭，並用前腳踏了幾次地面，確認身體的狀況。

狼的腳掌上有著鐮刀般的爪子；露出來的巨大牙齒，大到可明顯看出每根牙齒的形狀；嘴巴則大得可以輕易一口吞下人類。

狼身體的重量感使得四周的空氣變得沉重，散發的熱氣彷彿一靠近就會融化似的。然而，狼的眼睛卻是極其冷靜且清澈。

逃不了。

只要是人類都會這麼想吧。

「哇、哇啊啊啊啊啊啊啊啊啊啊！」

就在某個人大叫之後，現場幾乎所有人都丟下武器落荒而逃，有兩個人應該是因為過度驚恐，以致於把武器朝狼丟去。

巨大的狼身手矯健地用嘴巴咬住丟向牠的武器，易如反掌地把鐵製的武器咬得粉碎。

這就是神。

在北方國度，會把人類沒辦法應付的東西形容成神。

從前的羅倫斯不明白為何會如此形容，但現在的他再明白不過了。

沒辦法應付，這種狼真是沒辦法應付。

「嗚！」

「喔！」

丟出武器的兩人發出如此簡短的聲音，甚至讓人懷疑那根本不成聲音。

兩人被狼巨大的前足掃開，撞上牆壁。那聲音就像青蛙被輾碎時的叫聲吧。

接著，狼彷彿在地面上滑動般跑了出去。

『汝等啊，別以為自己可以活著走出去。』

粗獷低沉的聲音響起，緊接著傳來爪子與金屬碰撞的聲音，以及突然中斷的哀號聲。羅倫斯死命撐起身子，追了上去。

然而，慘劇在一瞬間就結束了。

狼一停下動作，隨即傳來想必是最後一名男子的聲音。

「神、神總是這樣。總是……總是這麼不講理。」

那是葉勒的聲音。

沒有回答。取而代之的是張開巨大嘴巴的聲音，羅倫斯忍不住大叫：

「赫蘿，住手！」

喀鏘一聲，應該是闔上巨大嘴巴的聲音吧。

羅倫斯的腦海裡不禁浮現葉勒上半身被吃掉的畫面，他怎麼也無法認為葉勒能夠逃開。這就跟被獵犬盯上的鳥兒，絕對無法飛往天空的道理一樣。

然而，一陣沉默後，赫蘿輕鬆地在狹窄的通道轉過身來，她的嘴巴並沒有沾上血跡。

不過，精疲力盡的葉勒卻勾在她的牙齒上暈了過去。

「赫蘿……」

羅倫斯喊了一聲赫蘿的名字，同時安心地呼了口氣。赫蘿把葉勒丟下地面，但是視線沒有移到羅倫斯身上。

她簡短地說了一句：

『麥子拿來。』

聽到與碩大體型相當搭調的低沉聲音，羅倫斯嚇了一跳，頓時縮了一下身子。

即使明白那是赫蘿，但羅倫斯就是沒辦法應付自如。如果被這樣的赫蘿看上一眼，羅倫斯也不敢斷言自己能夠保持理智。

畢竟這隻狼太教人敬畏了。

『麥子拿來。』

又聽到一次同樣的話。羅倫斯下意識地點點頭，打算遞出手中的皮袋。

這時羅倫斯突然想到某件事，不祥的預感湧上他心頭。

「拿麥子要做什麼？」

聽到羅倫斯的詢問，赫蘿沉默了一會兒，突然踏出前腳。

羅倫斯在那一刻，感覺到一股重壓迎向自己，不禁挪開身子。

當羅倫斯看到赫蘿滿口牙齒的嘴巴變得有些扭曲，他察覺到自己的舉動徹底錯了。

『這就是答案，麥子拿來。』

雖然羅倫斯明白赫蘿打算拿著麥子離開，但赫蘿的話彷彿帶有強大的魔力似的，讓他不由得伸出手臂。

然而，羅倫斯的身體已沒有支撐手臂、及拿住小皮袋的力氣。

皮袋從羅倫斯停在半空中的手臂上掉落，手臂也跟著猛然落地。

羅倫斯連撿起皮袋的力氣都沒有。

他露出絕望的眼神注視著皮袋。

『受汝照顧了。』

赫蘿一邊這麼說，一邊走近，她用巨大的嘴巴巧妙地撿起從羅倫斯手上掉落的皮袋。

琥珀色的眼珠到最後都沒看羅倫斯一眼，赫蘿退後了兩、三步之後，又再巧妙地轉過身子，打算離去。

赫蘿那前端帶著白毛，讓她引以為傲的尾巴映入羅倫斯眼簾。整齊的毛髮哀傷地垂下，搖來晃去地逐漸遠去。

羅倫斯突然大喊。或許他的聲音不像在喊叫，但他已用盡了全力。

「等、等一下！」

儘管如此，赫蘿還是沒有停下腳步。

羅倫斯恨自己為何在赫蘿踏出前足時，反射性地挪開身子。赫蘿說過很多次，說她討厭別人看到她的模樣而露出畏懼的眼神。

然而，羅倫斯的身體卻反射性畏懼赫蘿。他面對人類完全無法應付，明顯是別種生物的赫蘿，懼怕得畏縮發抖。

儘管如此，羅倫斯還是不願意放棄。儘管如此，羅倫斯仍然希望留住赫蘿。

「赫蘿！」

他用沙啞的聲音呼喊。

羅倫斯心想「沒用嗎？」但赫蘿在此時停下腳步。

只能趁現在。只能趁現在想辦法讓赫蘿回心轉意，否則就再也見不到赫蘿了。

可是，該說什麼好呢？許多話語在羅倫斯的腦海閃現又消失。

事到如今要說自己不怕赫蘿，一點說服力都沒有，羅倫斯到現在還是害怕赫蘿的模樣。儘管如此，羅倫斯仍然希望留住赫蘿，他找不到適當的話語來表現自己如此矛盾交錯的心情。

但是，羅倫斯仍然死命地思考，他從被赫蘿恥笑太貧乏的語彙當中，拚命拼湊能夠留住赫蘿的話語。

「妳以為……妳撕破的衣服多少錢啊？」

這就是羅倫斯最後拼湊出來的話語。

「我不管妳是神還是什麼……都要賠償我，妳賺來的七十枚銀幣根本不夠。」

羅倫斯盡量表現出憤怒的情緒，不，有一半是真的因為氣憤而說出這些話。

羅倫斯覺得就算開口要求赫蘿不要走，也絕對留不住她。因此，羅倫斯心想就算他害怕赫蘿的模樣，也非得要赫蘿留下的理由，就只有這件事了。

商人對金錢的怨恨比山谷還要深，商人討起債來會比浮在夜空中的明月更緊追不捨。

為了傳達這樣的意識，羅倫斯用憎恨的口吻大喊。羅倫斯不是在阻止赫蘿從他眼前離去，而是告訴赫蘿即使離開也沒用。

「妳以為我花了多少年存下來的積蓄……才買齊那些衣物啊？我會拼命追的……一路追到北方的森林去！」

羅倫斯大喊，他的聲音在地下道內微弱地迴響，終至消失。

赫蘿原本只是安靜地站在原處，巨大的尾巴突然甩動起來。

赫蘿會轉過身來嗎？

羅倫斯已耗盡全身的力氣，支撐不住的身體垮了下來，但近似焦躁的期待感卻讓他緊張得快要不能呼吸。

然而，赫蘿卻再度邁開步伐。

噠、噠，赫蘿發出小小的腳步聲往前走去。

羅倫斯發現自己的視線變得模糊。

我不是在哭。在逐漸陷入無底深淵的意識當中，羅倫斯只能努力這樣想。

終幕

羅倫斯站在伸手不見五指的黑暗之中。他不知道自己身處何方，也不知道自己在做什麼。

明明朝上、下、左、右方看去都是一片黑暗，可是他卻看得清楚自己的身體。

到底是怎麼回事？

羅倫斯這麼想，突然有東西閃過他的眼角。

羅倫斯反射性地轉向東西閃過的方向，卻沒看到任何東西。雖然他心想可能是自己多心，但試著瞇起眼睛或揉了揉眼睛後，眼角又再有東西閃過。

火焰？

羅倫斯霎時這麼以為，朝東西閃過的方向看去，便確實看清是什麼東西閃過他的視線。

那是左右搖擺著的褐色東西。

羅倫斯瞇起眼睛凝視著那樣東西，最後發現那不是火焰。

那是毛髮。是長長的褐色毛髮堆在搖擺。

濃密的毛髮前端帶有白毛。

這時羅倫斯睜大眼睛，倒抽了一口氣後，以全速向前快跑。

那堆毛髮、那前端帶有白毛的東西。

那是赫蘿！那是赫蘿的尾巴沒錯！

羅倫斯一邊拚命追著不停左右搖擺，並逐漸遠離視線的那樣東西，一邊大喊。

然而，他喊不出聲音，也縮短不了與赫蘿尾巴之間的距離。

越來越沉重的腳步讓羅倫斯感到焦躁，他咬緊牙根，明知道沒用還是往前伸出右手。

接著，赫蘿的尾巴突然從視線消失。

下一刻，羅倫斯注視的前方化成不熟悉的房間天花板。

「嗚！」

羅倫斯猛地想坐起身子時，劇烈的疼痛襲上左手臂，使得他不禁呻吟。雖然羅倫斯一瞬間搞不清楚這是怎麼回事，但劇烈的疼痛勾起他所有的記憶。

被梅迪歐商行追殺的記憶、左手臂被刺傷的記憶、被那些人追得無路可逃的記憶。

還有，赫蘿離去的記憶。

羅倫斯想起最後看到赫蘿的尾巴哀傷地甩來甩去，逐漸遠去的景象，不禁深深嘆了口氣。

難道就不能再說一些更適合的話了嗎？羅倫斯用連坐起身子都很困難的腦袋思考著。

比起這份悔恨，自己身處何方的疑惑簡直如塵垢般毫不重要。

「您醒過來了啊？」

羅倫斯朝突然傳來聲音的方向看去，馬賀特的身影出現在打開著的房門另一頭。

「您的傷口好一些了嗎？」

馬賀特手上拿著文件走近羅倫斯，並打開羅倫斯枕邊的木窗。

「是的……託您的福，好多了。」

清爽的涼風穿過木窗吹了進來，同時也把喧嚷聲帶進來，羅倫斯因此得知這裡是米隆商行的某個房間。

這麼說來，羅倫斯在那之後，是被前來救援的米隆商行的人平安救出了。

「因為我們的疏忽，讓您遭遇到危險，真是深感抱歉。」

「不，事情的原因本來就起於我的夥伴。」

聽到羅倫斯說的話，馬賀特露出很難表達些什麼的表情點點頭，接著像在思考適當的話語似的沉默了一會兒後，緩緩開口說：

「我們很幸運地沒被教會發現，幸好是在地下道裡發生騷動。萬一教會的人看到您夥伴的模樣的話……不僅是分行，說不定連總行都得接受火刑懲罰。」

羅倫斯聽了驚訝地反問說：

「您有看到赫蘿的模樣嗎？」

「是的。急忙趕到地下道救援的手下向我報告，說他們雖然已找到您，但巨大的狼說如果不把我帶到地下道去，就不肯交出羅倫斯先生。」

馬賀特沒有理由說謊。那麼，這就表示羅倫斯失去意識後，赫蘿有回到羅倫斯的身邊。
「那、那赫蘿現在人呢？」
「她去市場了。您的夥伴非常急性子，她說要到市場為旅行整裝。」
馬賀特不知道實情，所以能說得如此輕鬆；但對羅倫斯來說，這代表赫蘿準備獨自出發。
想必她現在已經在回北方的路上了吧。
羅倫斯一想，就覺得胸口好像破了一個大洞，但相反地也覺得這樣能夠徹底死心。
原本能夠認識赫蘿，就是比偶然還要奇妙的事，與她相處的時間也不過短短幾天而已。
只要當成做了幾天的夢，或許就不會那麼難受。
羅倫斯這麼告訴自己，然後勉強轉換心情，讓自己回到商人的情緒。
馬賀特說的話除了提到赫蘿之外，還隱含了一件重要的事情。
「您說赫蘿去了市場，這是不是表示與梅迪歐商行的交易進行得很順利呢？」
「是的。前往崔尼城的手下今天早上平安歸來，並且完成與國王的交易。我們已經順利取得梅迪歐商行最想要的特權。我們以特權作為誘餌，向梅迪歐商行進行交涉，梅迪歐商行似乎也掌握了一切事態，明白他們已經輸了。一切可說進行得十分順利。」
馬賀特驕傲地回答。
「原來如此，那真是太好了……不過這麼說來，我睡了一整天嗎？」

「嗯？是的，是這樣沒錯。啊，您要用午餐嗎？才剛過中午，廚房應該還沒有熄火，要不要為您準備一些熱食？」

「不，不用了。比起這個，能否請您先告訴我交易的細節呢？」

「好的，明白了。」

不會勉強邀請他人吃飯的習慣很像南方人的作風，這讓羅倫斯覺得有些奇妙。如果換成是這一帶的居民，想必說什麼也會堅持要羅倫斯先吃飯吧。

「我們所回收的銀幣數量總共是三十萬七千兩百十二枚。國王似乎打算大膽降低含銀量，他願意以現金支付金額相當於三十五萬枚的貨幣。」

果然是會令人頭昏目眩的金額。不過，羅倫斯並沒有被這金額給嚇到，他心裡計算著自己應得的利益。

按照合約來說，他應得的利益是米隆商行利益的百分之五。大概計算後可得到的利益是兩千枚銀幣。

只要有這些銀幣，羅倫斯的夢想——也就是擁有自己的商店——就能夠實現。

「按照與您的合約，必須支付給您的金額是我們所得的利益的百分之五。這沒有錯吧？」

聽到馬賀特的話，羅倫斯點點頭後，馬賀特也跟著點頭。

接著，馬賀特把一張紙遞給羅倫斯。

「請您確認。」

馬賀特的話沒有傳進羅倫斯的耳中。

那是因為他交給羅倫斯的紙上寫著令人難以置信的數字。

「這……是？」

「一百二十枚銀幣，這金額是我們利益的百分之五。」

馬賀特的話相當犀利。

然而，羅倫斯卻不能對這件事生氣。因為羅倫斯手上的文件清楚寫著，他所得的利益為何會變得這麼少的原因。

「我們搬運貨幣的費用、還有國王支付銀幣的運費、運送銀幣所伴隨的關稅，再加上針對合約本身的合約手續費……這應該是國王的御用商人提出來的主意吧。他們盤算著雖然不得已必須交出特權，但至少要賺回交易銀幣時產生的損失。」

只要看了交易的明細，就能夠看出國王巧妙地利用了他的立場，企圖從米隆商行身上把錢拿回來的計謀。

國王不僅要米隆商行負擔搬運米隆商行回收的銀幣的費用，甚至主張不以匯兌方式，而是直接用銀幣支付購買銀幣的費用。搬運幾十萬枚銀幣必須花上莫大費用：包括馬匹、搬運工、收納銀幣的木箱以及保鑣等人員。

不僅如此，國王還以簽訂合約之際所需的合約製作費為名目，敲詐了一筆相當驚人的金額。

儘管簽訂合約的對象，是在南方國家擁有爵位的大商人所經營的商行分行，但這份合約終究是擁有爵位的商人，與國王兩種不同身分的人所簽訂的合約。兩者的勢力高低是無須爭辯。對於這筆手續費，米隆商行只能默默接受。

「根據我們的計算結果，我們所得的利益是兩千四百枚銀幣。而您的利益是這金額的百分之五，所以必須支付給您的銀幣就是以上數量。」

拚命動腦筋思考，甚至手臂還被刺傷，得到的卻是一百二十枚銀幣？

再說，如果沒有參與這筆交易，就不會與赫蘿分離了；羅倫斯這麼一想後，腦海裡只浮現虧損兩個字。一百二十枚銀幣太不划算了。

然而，訂了合約就得遵守，羅倫斯也只能接受這個金額。對商人來說，有賺錢的時候，也有虧損慘重的時候，這是理所當然的事。雖然金額少了許多，但沒有丟掉性命，在那樣的狀況之後還能夠拿到一百二十枚銀幣，或許已算僥倖了吧。

羅倫斯看著文件，緩緩地點點頭。

「這些是我們也沒預料到的事。對於這樣的結果，我深感遺憾。」

「做生意總是會有預料之外的事情發生。」

「能夠聽到您這麼說，我就安心許多。不過——」

聽到馬賀特這麼說，羅倫斯不禁把視線轉向他。
因為馬賀特的語調不知怎地顯得很開朗。
「預料之外的事情也會往好的方向發生，請看這個。」
羅倫斯收下馬賀特遞給他的第二張文件，看了文件上所寫的簡短文字。
看完後，羅倫斯驚訝地把視線轉回馬賀特身上。
「看來梅迪歐商行非常想要得到特權。再加上他們明知道會貶值，卻也回收了不少銀幣，這跟扛上負債沒兩樣。他們應該是無論如何，也想利用這個確實有利可圖的特權做生意吧。他們一下子就提出買價了。」
羅倫斯手上的文件，寫著以分享特別利益的名目，贈給羅倫斯一千枚銀幣。
「一千枚……這麼多好嗎？」
「當然，這還算便宜。」
馬賀特露出笑容說。羅倫斯心想米隆商行想必賺了不少利益，不過他當然沒有不識風趣地詢問金額。能夠以合約外的利益分到這麼多錢，這根本就像走在路上撿到金塊一樣幸運。
「另外，在您痊癒以前所需的滯留費用，以及您的馬車管理都由我們來負責。」
「我的馬平安無事嗎？」
「是的，我想梅迪歐商行的人應該也覺得拿馬作人質沒用吧。」

因為馬賀特邊笑邊說，所以羅倫斯也隨之露出笑容。

羅倫斯心想：這真是超出標準的待遇。

「有關實際的付款細節，是否我們日後再討論呢？」

「好的。不過，真的非常感謝。」

「不，對我們來說，若今後能夠與羅倫斯先生這樣的商人建立良好關係，這點兒代價還算便宜我們呢。」

馬賀特看著羅倫斯的眼神，告訴羅倫斯他對損益計算不會有所閃失，並且還露出洽談生意時會有的笑容，想必他是故意的吧。

然而，羅倫斯從掌管大型連鎖商行──米隆商行分行的人物手中收到一千枚銀幣，而且這位人物還表示希望與他繼續配合，這就表示對方認定羅倫斯為擁有此等價值的商人。

對一介商人羅倫斯來說，這是值得高興的事。

羅倫斯點頭示禮，從床上向馬賀特表達謝意。

「啊，我還是先請教一下，請問支付銀幣給您就可以了嗎？如果您覺得換成商品比較好的話，我們可以為您準備。」

拿著超過一千枚的銀幣，只會增加行李體積，沒什麼好處。聽到馬賀特善意的提議，羅倫斯稍稍思考一下，他考慮馬賀特給他的銀幣數量以及自己的馬車大小，最後想到一種不錯的商品。

「請問有胡椒嗎？胡椒很輕、而且不佔空間，今後為了準備過冬，只要肉類料理增多，價格也會跟著上漲。」

「您是說胡椒嗎？」

「怎麼了嗎？」

看到馬賀特輕輕笑了一下，於是羅倫斯反問他。

「啊，不好意思。我最近才讀完從南方寄上來的戲曲，所以不由得想起裡面的情節。」

「戲曲？」

「是的。惡魔出現在一名有錢的商人面前說道：把這裡最好吃的人類帶來，否則我就吃了你！那名商人不願意犧牲自己的性命，於是把年輕貌美的女傭和男僕中最肥胖的男子獻給了惡魔。但是，惡魔卻搖搖頭。」

「喔？」

「後來商人找遍家中，甚至在城裡花大錢，四處尋找看似美味的人類，最後找到身體散發出蜂蜜及鮮乳香味，還是見習修道士的瘦弱男孩。商人花錢連同修道院買下男孩，並立即獻給惡魔。這時男孩對惡魔說：逆神者惡魔啊，世上最好吃的人類不是我。」

羅倫斯聽得入神，他沉默地點點頭。

「世上最好吃的人類就在你面前。那人就是日復一日扛著辛香料賺取財利，辛香料為他肥大的靈魂做了完美調味的男子啊。」

馬賀特敘述故事的表情顯得十分愉快，甚至還加上動作，他最後裝出商人恐懼不安的表情，然後突然恢復，露出靦腆的笑容。

「這是教會以商行為對象，勸說做生意必須有所節制的宗教戲劇。我就是想起這裡面的情節。我想到辛香料對接下來想賺大錢的商人來說，的確是再適合不過了。」

只要彼此都是商人，就能夠明白這是誇獎的話語。

羅倫斯一方面覺得這故事有趣，再加上聽到誇獎的話語，他露出燦爛的笑容說：

「希望我的身體也能早日有辛香料的完美調味。」

「我會拭目以待。今後也請多關照本商行啊，羅倫斯先生。」

馬賀特精明地說完後，兩人再次互笑一下。

「那麼，我會為您準備好胡椒的。我還有工作要忙，先失陪了。」

馬賀特說道，並打算轉身離開。

這時，有人輕敲房門。

「是您的夥伴嗎？」

雖然馬賀特這麼說，但羅倫斯確定那是不可能的事。

馬賀特離開床邊去開門，羅倫斯抬頭望向枕邊的窗外。

他看到窗外一片亮麗的青空。

「行長，有一張這樣的請款單。」

房門打開的同時，羅倫斯聽到有人如此輕聲說，並傳來遞出紙張的聲音。

羅倫斯心想一定是必須緊急處理的請款單吧。他注視著飄浮在天空的白雲，一邊希望自己也能早日擁有商店。

隔了沒多久後，馬賀特說的話引起羅倫斯注意。

「收件者確實是我們商行沒錯……」

羅倫斯把視線移向馬賀特後，馬賀特也朝羅倫斯這邊看過來。

「羅倫斯先生，這裡有給您的請款單。」

羅倫斯的交易對象名字與債務關係，一下子全在他的腦海裡湧現。

羅倫斯試著舉出當中最接近付款日的交易。然而，基本上在城鎮與城鎮之間移動所需的天數相當不定，就算付款日是昨天，應該也不會有人要求行商的羅倫斯必須嚴格遵守期限。

更何況，交易對象怎麼會知道羅倫斯在這裡呢？

「可以讓我看一下嗎？」

聽到羅倫斯說的話，馬賀特從手下手中拿走文件，並來到羅倫斯身邊交給他。

羅倫斯收下文件後，他跳過寫著合約規定的部份，直接朝寫有明細的欄位看去。

因為只要知道商品是什麼，就能夠馬上知道是誰提出的請款單。

然而，羅倫斯對文件上所寫的商品名稱並沒有印象。

「嗯……」

羅倫斯正想側頭思索的那一刻，突然在床上彈起來。

馬賀特驚訝地想開口說話，但羅倫斯等不及他開口，就已跳下床。羅倫斯無視左手臂的疼痛，朝門的方向直奔而去。

「請、請問。」

「讓開！」

羅倫斯大聲吆喝，商行的人急忙讓開路。羅倫斯無視於他們的異樣眼光，踏出走廊，正準備邁開步伐時，突然站住說：

「請問卸貨場在哪邊？」

「啊，呃，這個走廊走到底左轉，然後一直往前走就是了。」

「謝謝。」

羅倫斯簡短道了聲謝，隨即快步跑出去。

他握緊手中超出價位的高額請款單，使盡全力奔跑著。

寫在被羅倫斯緊握手中，變得皺巴巴的請款單上的商品名稱，足以讓他如此激動。

請款單的日期是今天，請款者是店面設在帕茲歐市場的毛織物商與水果商。

請款單的明細是豪華女用長袍兩件及綢緞腰帶，加上旅行鞋及玳瑁梳，和大量蘋果。

在請款金額超過一百四十枚銀幣的商品中，特別是蘋果的數量多到無法拿在手上帶走。

明明買了這麼多，請款單上卻沒有列出馬車的項目。

從這點可以推測到的結論。

羅倫斯終於到了卸貨場。

生氣蓬勃的卸貨場有無數商品堆成好幾座山，從遠方運來的貨物，與即將發送出去的貨物交錯其中，馬匹及人們的叫聲此起彼落，那混亂的景象道出米隆商行今天同樣是生意興隆。

羅倫斯環視四周，尋找絕對會在這裡出現的那個。

寬敞的卸貨場有太多馬匹及馬車。羅倫斯四處跑動，還不時因為踩到散落一地的乾草或稻草碎屑而滑倒。最後他終於在卸貨場角落看到熟悉的馬兒，並快步跑過去。

雖然卸貨場的人無不露出不可思議的表情，注視著羅倫斯的舉動，但羅倫斯本人卻完全無視於這一切，只專心注視著一個方向。

他看著坐在貨台堆滿整車蘋果的馬車駕座上，手上拿著漂亮皮草，並用玳瑁梳梳理皮草的嬌小身影。

那人穿著一眼就能看出是高級品的長袍，頭上的兜帽幾乎蓋住眼睛。不久後，那人停手不再梳理皮草，嘆了口氣。

坐在駕座上的人沒有把視線移向羅倫斯，直接開口說：

「咱可不想被人討債討到北方來。」

聽到那人不悅的口吻，羅倫斯很難不笑出來。

羅倫斯走近駕座，對堅持不肯看羅倫斯的赫蘿伸出右手。

雖然赫蘿輕瞥了一眼後，又把視線拉回手邊的尾巴，但最後她還是緩緩伸出手來。

羅倫斯握緊赫蘿的手後，她終於像認輸似地，笑笑說：

「咱會先還清欠債再回北方。」

「這還用說嗎！」

赫蘿緊緊地、緊緊地握住羅倫斯的手。

這對奇妙搭檔的旅行似乎還得持續一陣子。

這是狼與辛香料的兩人之旅。

完

後記

每當我報名有獎金可拿的比賽時，總是會忍不住想像自己拿到最高獎金時的情景。

接著我會用這筆獎金買入股票，我的資產也會不斷倍增，到最後我會成為影響力足以左右世界的資本家。

最近終於可以在立食蕎麥麵店裡，毫不猶豫地買下大碗的餐券。

大家好，我是支倉凍砂。

這回很榮幸，能夠獲得如同浮在半空中的明月般，遙不可及的第十二屆電擊小說大賞銀賞。因為這事實太令人難以置信，我甚至三度夢見有人打電話來告知我得獎者搞錯了。

從我開始著手修改原稿開始，我二度夢見截稿日已經過了。

至於夢到成為能夠左右世界資本家的次數，早已數不清。

正提筆寫著後記的我，不禁心想：這到底是夢還是現實？

預讀這本書的前輩、編輯部的前輩以及評審委員們，真的非常感謝各位為我打開通往夢想世界之門。還要感謝在頒獎典禮上為我祝福的人們，特別是結城充考老師，因為《狼與香辛料》這個標題，他送我一件狼的銀飾品。銀狼現在仍端坐在電腦旁。

另外，為我畫出美麗插圖的文倉十老師，完成的插圖與我心中的人物之相似，令人無比訝異，驚訝的程度與我心中的謝意一樣深。

最後，我要感謝與目前我身處狀態有關的一切人、事、物。

為了不讓這個美夢如泡沫般消逝，我刻刻警惕自己必須不忘努力。

支倉凍砂

國家圖書館出版品預行編目資料

狼與辛香料 / 支倉凍砂作；林冠汾譯,——初版.——臺北市：臺灣國際角川, 2007〔民96〕面；公分——(Kadokawa fantastic novels)

譯自：狼と香辛料
ISBN 978-986-174-337-0(第1冊 : 平裝)

861.57　　96004747

Kadokawa
Fantastic
Novels

狼與辛香料 I

（原著名：狼と香辛料）

2007年4月30日 初版第1刷發行
2024年6月17日 初版第22刷發行

作　者：支倉凍砂
插　畫：文倉十
日版設計：渡辺宏一
譯　者：林冠汾

發 行 人：台灣角川股份有限公司
總　監：呂慧君
總 編 輯：蔡佩芬
主　編：林秀儒
編　輯：黎夢萍
設計指導：陳晞叡
美術設計：莊捷寧
印　務：李明修（主任）、張加恩（主任）、張凱棋、潘尚琪

發 行 所：台灣角川股份有限公司
地　址：104台北市中山區松江路223號3樓
電　話：（02）2515-3000
傳　真：（02）2515-0033
網　址：www.kadokawa.com.tw
劃撥帳戶：台灣角川股份有限公司
劃撥帳號：19487412
法律顧問：有澤法律事務所
製　版：巨茂科技印刷有限公司
ISBN：978-986-174-337-0

OOKAMI TO KOUSHINRYOU Vol.1

Edited by 電撃文庫
First published in Japan in 2006 by KADOKAWA CORPORATION, Tokyo.
Complex Chinese translation rights arranged with KADOKAWA CORPORATION, Tokyo.